手のひらの赤ちゃん

超低出生体重児・
奈乃羽ちゃんの
NICU成長記録

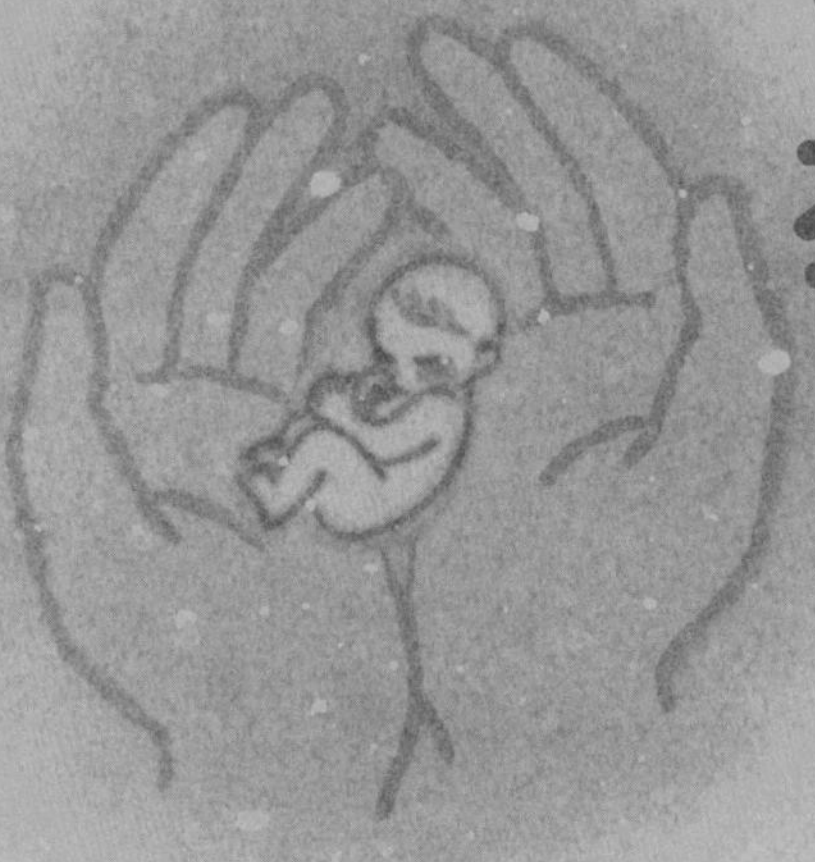

高山トモヒロ

手のひらの
赤ちゃん

超低出生体重児・奈乃羽ちゃんのNICU成長記録

夫婦が待ち望んだ子どもだった。ママのお腹の中で、大事に大事に育ててきた。

しかし、妊娠21週と4日目に突然の破水。

22週を迎えないうちに生まれてしまうと、救命措置はしてもらえない。下半身の重さと下腹部の違和感、さらに極度の不安がママの全身を支配する。

そんな中、ママの胎内に宿った小さな生命は必死にがんばった。

22週と3日目、ついに陣痛が起こった。

生まれてきたのは、325グラムの、手のひらに収まるぐらいの赤ちゃん。

あまりの小ささに、ママは「こんなに早く産んでしまってごめん……」という気持ちでいっぱいに。だけど精いっぱい手足を動かす姿を前にして、それはすぐに感動や喜びへと変わった。

名前は「奈乃羽《なのは》」。

苗字と合わせた字画も、天格・人格・地格・外格のすべてが大吉になるように、パパが何日もかけて調べてつけた。そしてママは、家族3人の幸せな未来を思い描いた。

1年後の楽しみは、ママとパパに手を引かれて、ヨチヨチ歩きのあなたと近くの公園でお散歩すること。

6年後の楽しみは、ランドセルを背負って玄関を出ていくあなたを「いってらっしゃ〜い」と見送ること。

14年後の楽しみは、受験勉強をしているあなたに、ショートケーキと紅茶を持っていくこと。

18年後の楽しみは、「お母さん」とは呼ばせずに「佑里子《ゆりこ》ちゃん」と名前で呼んでもらって、母子だけど姉妹みたいな関係になること。

20年後の楽しみは、「パパのことも敏哉《としや》くんて呼ばせようよ」と提案したら「それはダメだ。パパのことはあの子が大人になってもパパって呼ばせる」ってパパが言ってたのをあなたに伝えること。

22年後の楽しみは、そんなパパが運転する車で、社会人になるあなたのスーツを家族3人で作りに行くこと。

奈乃羽、あなたは大人になっても私たちと手を繋いで、道を歩いてくれるよね。そんな優しい子だというのは、ママとパパにはわかるんだ。

奈乃羽、この大変な時期を乗り越えれば、必ず幸せが訪れるよ。これからの楽しみの一つひとつを、家族3人で叶えていこうね――。

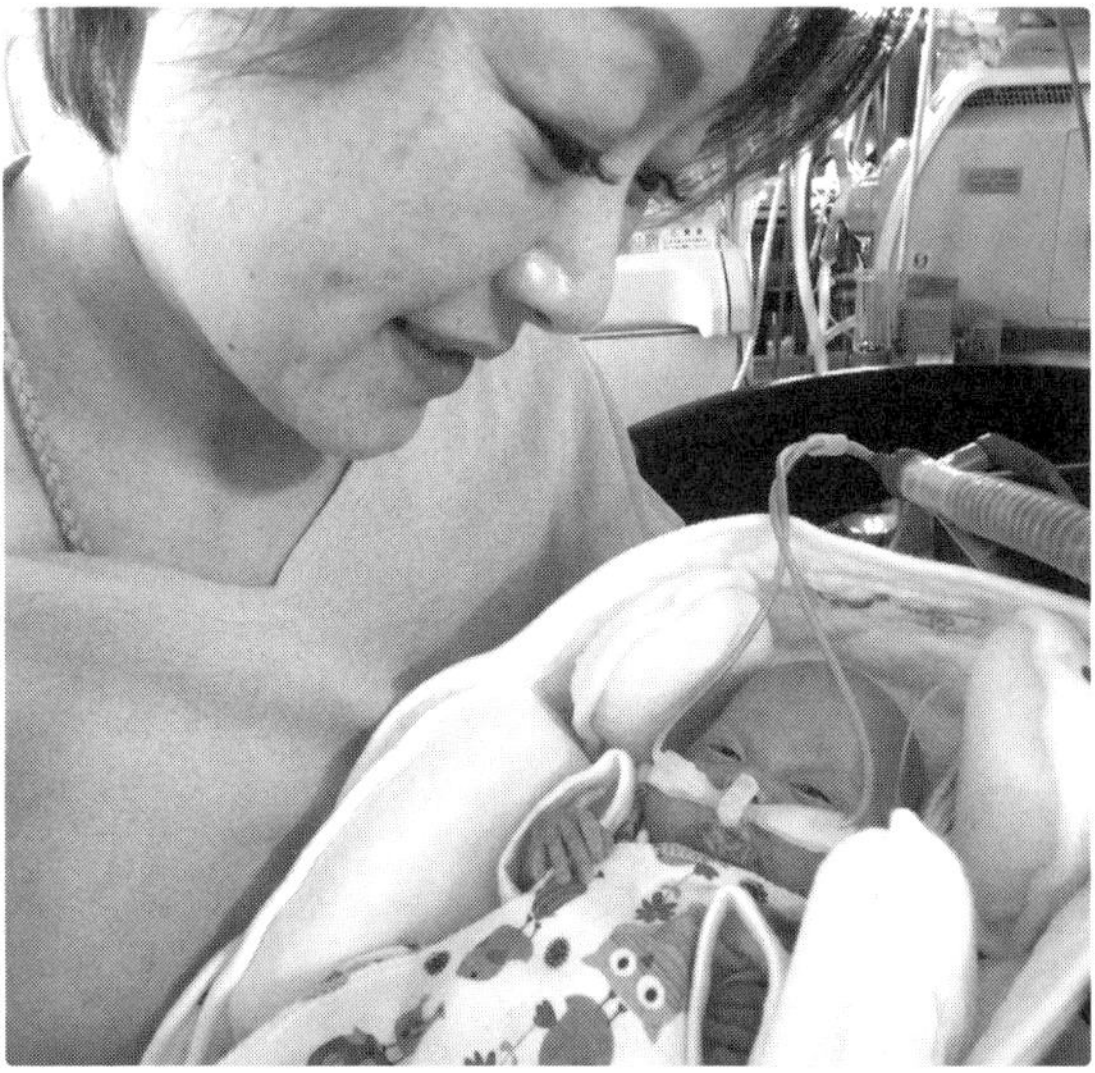

奈乃羽ちゃんを抱く母の佑里子さん

もくじ

本書は3組のご家族のインタビューと手記をもとに構成されており、
医学的な事象についてはご家族の主観に基づき表現しています。

カバーイラスト
おおもりのりこ
ブックデザイン
Malpu Design（清水良洋・佐野佳子）

序章

「久しぶりにちょっとだけでもお会いしませんか?」

季節が変わるごとに連絡を取り合っては共に食事をするメディア制作プロダクション会社の幸田《こうだ》敏哉さんからLINEが入った。

2018年の梅雨が明けたといえど、まだまだ蒸し蒸しする日の夜だった。

これまでの敏哉さんからのLINEは、前もって候補日をいくつかあげてのお誘いで、しかも丁寧でなおかつ長文である。だから、この短い文面で送られてきたことに少し違和感を覚えたものの、もしかして急な仕事の話でもあるのではと良いように捉え、僕はすぐに「はい! 大丈夫でーす」と返信した。

僕の短いメッセージが携帯電話に表示されると同時に、既読がつく。いつもは繁華街での食事会なのだが、今回は僕の自宅近くのカフェを予約したというLINEも続けて入ってきた。

急な誘いなので僕に負担をかけぬようこちらまで来てくれるところは、いかにも敏哉さんらしい気配りだ。ただ、ビールジョッキを手にして乾杯するいつものような飲食店ではなく、カフェだったことにはやはり不自然さを感じた。

業種は違えど同じ業界の先輩を待たすわけにもいかないので、僕は少し早めにそのカフェに向かったが、もうすでに敏哉さんは着いていた。店内の個室でひとり静かに座っていて、テーブルには飲み干したオレンジジュースのグラスもある。おそらくかなり早めに到着していたのだろう。

「遅くなってすみません。ていうか、えらい早いですね～」

僕はメニューに目をやり、汗で肌にくっついたTシャツをつまんでパタパタとさせながら言葉を続ける。

「この前に会ったのは、えーっと確か去年の冬でしたっけ」

「そうですね。あれからもう半年以上経ってますよね」

20年以上も前にテレビ番組の現場で知り合った、僕より三つ年上の敏哉さんは、年下の僕に対しても偉そうぶることなく、いつも敬語で喋られるとても礼儀正しい人だ。

僕は関西を中心にほそぼそと芸人をしていて、気づけば芸歴だけは約30年になる華のないオジサンだが、そんな鳴かず飛ばずの僕が若手の頃から現在に至るまで、ずっと敏哉さんは気にかけてくれている。だから僕も敏哉さんの前ではつい甘えて愚痴をこぼしたり、また大して自慢にもならない自慢話をすることも、特に若手の頃はよくあった。

「そっか、この前の食事会から半年以上も経ってたんですね～。僕はね、1クールに一度の食事会、楽しみにしてるんですよ〜」

「ホントすみません。ちょっと、というか、いろいろとバタバタしてましてね」

そう言って、敏哉さんは僕から視線をそらせて煙草に火をつけ、遠慮がちに自分の膝下に煙を吐いた。

「めっちゃ忙しいですやん。絶好調じゃないですか！」

そう返した言葉があとで後悔することになるとは、このときは思ってもいなかった。

「あっ、そうそう、嫁も久しぶりに高山さんに会いたいって言ってたんで、今こっちに向かってます」

「そうなんですか。奥さんも元気にしてはりましたか？」

年に数回の食事会には敏哉さんの奥様である佑里子さんもときどきだが同席されることがある。僕が佑里子さんに会うのも数カ月ぶりである。

「ええ、はい。まぁ、なんとか……」

少し歯切れが悪かったのはなんとなく引っかかった。

注文したピラフとアイスコーヒーが運ばれてくると同時に、佑里子さんが現れて、僕に軽く会釈をしてくれた。

佑里子さんは訳あって大阪狭山市《おおさかさやまし》にある大きな病院から電車を乗り継いで来たという。

「いつも夫婦仲いいっすね〜」

僕が茶化すと、佑里子さんはうっすらと照れ笑いを浮かべた。

いつもは夫婦揃って明るく、終始楽しい会話だけを繰り広げているのだが、この日はなぜかふたりとも様子が違っていた。少し気になりながらも、注文していたピラフにスプーンを差し込んでがっついていた僕に、敏哉さんが口を開く。

「実は、僕たちの赤ちゃんのことなんですけどね……」

そういえば以前会ったときに、妊娠の報告をふたりから聞いていた。

「すみません。言い忘れてました。もう生まれたんですよね！　確か予定日は5月末って言うてはりましたもんね。おめでとうございますっ！」

僕は声のトーンを上げて祝福の言葉を伝えたが、ふたりの顔つきはどこか硬かった。

「ありがとうございます。ところで、そのことでちょっとご相談がありまして」

「はい」

一気に食べ終えたピラフのスプーンを置いて、アイスコーヒーをストローで吸い込み、ニコニコしながら目の前に座る夫婦の顔を交互に見た。

「生まれてきた赤ちゃんのことを書いてもらえませんか？」

「はっ？　赤ちゃんのこと？」

僕は意味がさっぱりわからず、何度もふたりの顔に視線を往復させて、しばらくキョトンとしていた。

「私たちの赤ちゃんの……成長記録を残してあげたいんです」

「成長記録……ですか……」

僕の目を見つめて、今まで静かだった佑里子さんがようやく喋りだした。

「以前、高山さんの本を読んで、この人にお願いしたいと思って夫に相談して……」

僕は無能ではあるが、これまでにあり余りすぎている時間を利用して、書籍を2冊出版している。それを奥様までもが密かに読んでくれていたということを知って、なんだかとても嬉しくなった。

「そうなんですか。ありがとうございます。じゃあ、えーっと、成長記録ですか、ちゃちゃっと書いていきますわ」

軽い気持ちでその場で即答したものの……。

「実はそれを、一冊の本にしたいんです。出版したいんです」

ふたりの顔つきは真剣であった。

それまでヘラヘラとしていた僕の目が泳いだ。

「しゅ、出版？　それって家族の思い出として残すだけのものじゃないということですか？」

「はい……そうです……」

「それならばもっとすごい作家さんとか知ってはるでしょ？」

「いえ、高山さんにお願いしたいんです。これまで長い付き合いをしてきた高山さんにだからこそ、包み隠さずすべてを真っ直ぐに伝えられると思うんです」

正直、このとき僕は困り果ててしまっていた。

今日、急に呼ばれたのはなにかお願いごとがあるのではと、なんとなく予想はしていた。でもそれは、例えば地元の夏祭りがあるので盛り上げてほしいとか、知り合いの結婚披露宴で司会をしてほしいなどといった類のものだった。だからこそ、まったく内容の違う依頼に戸惑いは膨らむばかり。

そんな困り顔の僕に気遣ってくださりながらも、佑里子さんは今日に至るまでの経緯を説明してくれた。敏哉さんもその話を補足するように語り始めた——。

次第に佑里子さんの目に涙が溜まりだした。時折鼻をすすって呼吸を整えようとゆっくりと息を吸い込む。そしてその瞳からは熱いものがこぼれ落ちた。それでも、話の続きを言葉を詰まらせながらも僕に伝えてくれた。

あまりにも次から次へと出てくる衝撃的すぎるふたりの言葉に、僕は相槌すら打てないほどの状態になって表情が固まり、ただただ無言のまま聞き入る。話の途中から僕自身も目頭が熱くなってきたのがわかったが、最後まで言葉を失ったままで、結局は気の利いた言葉をなにひとつ言うことができなかった。

ふたりがこれまでの経緯を話し終えたあと、しばらく静寂な空気が流れた。目の前のアイスコーヒーの氷は溶けて濁った水になっていた。

「だから、なんとかしてこの世に、この時代に、この私たちの間に生まれてきた赤ちゃんの……闘い続ける姿を記録に残してあげたい……と思って……」

佑里子さんはそう言って僕を見つめたあと、ゆっくりとうつむいた。

大きな事情を抱えているふたりは、日々がとてつもなく不安に違いない。それでも、向き合っていかねばならないのだ。

僕は若くして結婚し、嫁と二人三脚で3人の娘を育て、上のふたりはすでに社会人。末娘も現在は大学生になっている。

娘たちが幼かった頃は僕たち夫婦も親としてまだまだ未熟だったので、子育てに悩む日もあった。また娘たちの成長過程で、それぞれが急病をしたり怪我をしたりしたときにはパニック状態になり、まずはなにから対処すればいいのかわからなくなったことがあったのも事実だ。

でも3人の娘たちは頼りない我々夫婦のもとで、大病を患うこともなく、これまですくすくと育ってくれた。

だから親としては僕のほうが大先輩であるのは確かだが、今から子育てをしていくふたりから聞かされた話は僕には経験のないことばかり。もし僕がふたりの立場だったらと考えてみてもなかなか想像がつかないし、それを乗り越えていく自信もない。

このふたりはすごい。いつもなんとなく生きている僕の心が震えた。かなりの時間が経過して、ようやく僕のこわばっていた顔の筋肉が落ち着きを取り戻してきた。

「わかりました。こんな僕で良ければ。いえ、ぜひとも僕に協力させてください。どこまで期待に応えられるかどうかはわかりませんが、とにかく精いっぱいがんばってみます」

もうこれからは、以前のような楽しい食事会は封印だ。僕がふたりと会うときは、より多くの情報を収集するための、とても大切なインタビューの時間としていくことを決めた。

第1章
生存率30パーセント

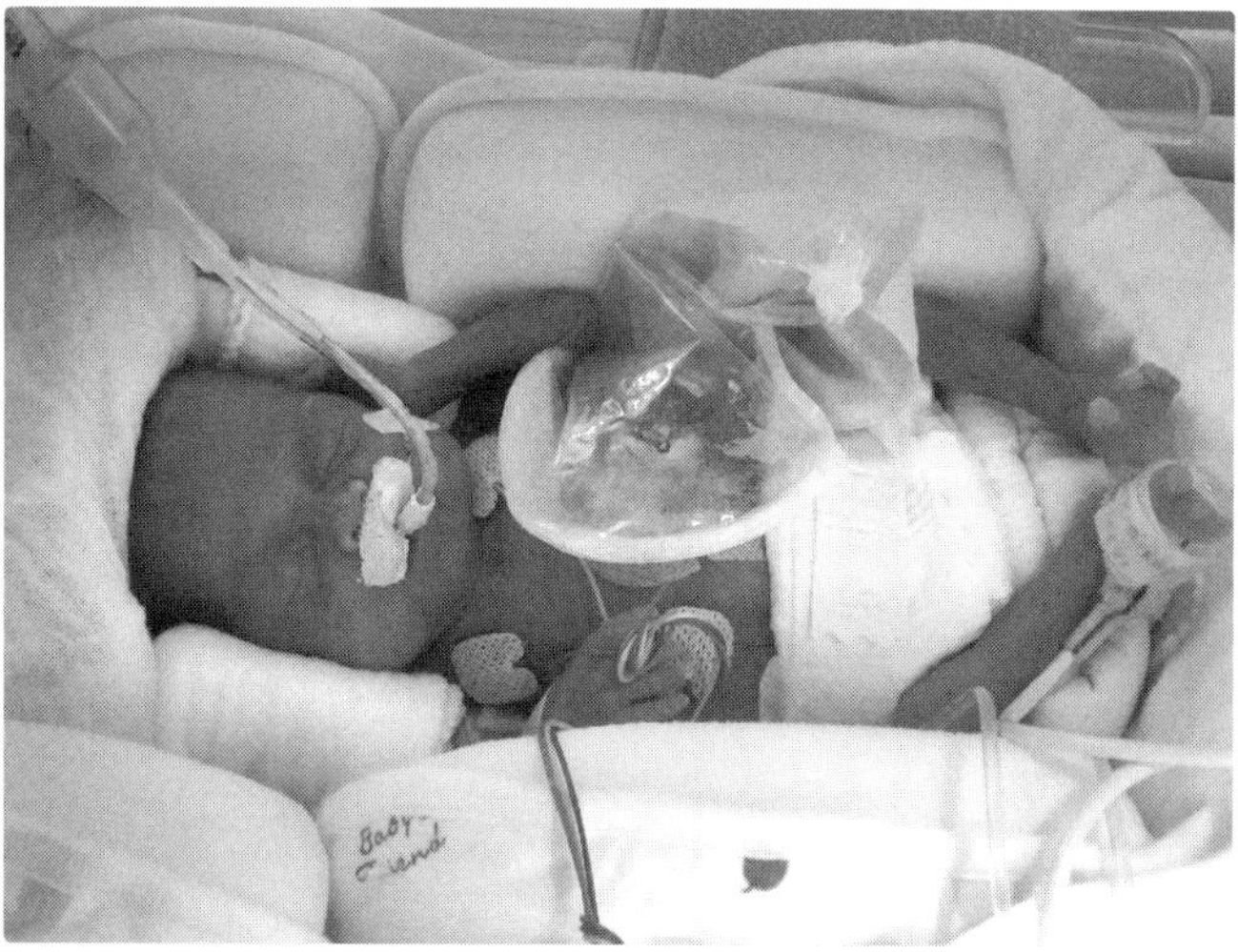

奈乃羽ちゃん、生後1カ月の頃

―

2017年9月上旬の朝、佑里子さんが自宅マンションのベランダに出ると、夏休みを終えて遠目でも日焼けしているとわかる、集団登校中の子どもたちが目に入った。周りには付き添いの母親たちもいる。

揃いの黄色い学校帽を被った子どもたちは楽しげに会話しながら、歩幅の小さな足を進めていた。そして、ひとつ先の信号を曲がって小学校がある方向へとひとり、またひとりと消えていき、やがて全員の姿が見えなくなる。

そんな子どもたちと、信号の角で「がんばってね～」と手を振って見送る母親たちの様子を羨ましく見つめながら、佑里子さんはこの日を迎えた。

「これが最後の体外受精にしよう」

佑里子さんは心の中でそう決めていた。不妊治療というのはお金も時間もたくさん費やさなければならないし、自分自身の年齢からくる体力の衰えも感じだしていた。

佑里子さんは大阪の繁華街にある格式高い飲食店で長年勤めていて、35歳のときにその店の客だった13歳年上の敏哉さんと結婚した。あれから5年の歳月が流れ、現在は40

歳になっている。

結婚当初は、自然妊娠で子を授かる日を待ち望んでいた。

「男の子なら野球選手にするし、女の子ならお姫様にする」

夫の敏哉さんはよくこう言っていた。

「野球選手はわかるけど、お姫様にするってなに？」

まだ見ぬ我が子への意味不明な未来を夫が口にするたびに、佑里子さんはいつも苦笑しながら言葉を返す。

「だから……その……そうそう！　白馬に乗った王子様と結婚させるんや」

「それ、いったいどこで出会うんや！」

実は佑里子さん、以前の職場では常に標準語で接客をしなければいけないという決まりがあったため、いつしかプライベートでも標準語で会話するようになっていた。そのため日常生活でもすっかり標準語が身についていたが、このときばかりはつい関西弁が出てしまう。

久しぶりに発した関西弁のイントネーションのぎこちなさに、ふたりは互いの顔を見つめて笑い合った。

そんな誰が見ても気の合う幸せそうな夫婦だったものの、それから半年が経っても妊娠したという喜びはまだ訪れてはくれなかった。当時はそれほど焦っていたわけではなかったが、念のため敏哉さんにも相談し、クリニックに通って検査をしてみることにした。

「白馬に乗った王子様は白いタイツ穿《は》いてるから、ちょっとダサいなぁ」

「まだ言ってんのかーい！　それってキャンディ・キャンディのアンソニーやんかーい！」

佑里子さんはわざと関西弁で突っ込んだ。

「おっ！　僕と結婚してから、ますます突っ込みがうまくなってきたね」

そんなふうにいつもおどけ合う笑顔の絶えない日々だったが、クリニックの医師から知らされたのは、ふたりの顔つきを曇らせてしまう事実だった。

検査の結果、佑里子さんの右の卵管が癒着しており、左の卵管も癒着しかけている状態であることがわかったのだ。

その後は医師からのアドバイスどおりに3カ月ほど排卵誘発剤を打って、最も妊娠の可能性が高いと思われる排卵日を予測し、その日に性交渉をもつタイミング法を試してみた。しかし佑里子さんだけでなく、敏哉さんも年齢的な問題で精子の数が少なく運動率も悪かった。

このまま続けてもおそらく一般不妊治療での妊娠は無理だろうとのことで、人為的に精液を子宮内に注入する人工授精を飛ばし、卵子と精子の受精を体外で行う体外受精にチャレンジすることになった。

最初の体外受精は、佑里子さんが36歳を迎えてから。しかし精子と卵子の質が万全ではなく、移植できる受精卵もひとつだけ。しかも結局、着床しなかった。

凍結できる受精卵はなかったため、また一から体外受精に向けての治療をスタートする。

すぐに、体温を上げて受精卵の質を良くするための鍼灸治療や整体治療に通い始めてみたものの、あまり効果が現れてはくれない。体質改善のため、漢方の専門薬局で処方をしてもらってもいたが、幾度となくチャレンジした体外受精に嬉しい結果は一度たりとも訪れてはくれなかった。

佑里子さんは少しずつ、「私ってダメなのかなぁ～」と自己嫌悪に陥ってしまうような精神状態に。歳を重ねるごとに、その焦りはさらに大きくなっていった。

マスコミ関係の仕事をしている敏哉さんは、不規則で多忙な毎日を送っている。深夜まで続く会議や番組収録、接待、それに出張も頻繁にあるが、目まぐるしい生活の中で、心に溜まったモヤモヤしたものを発散できる環境にあるのは確かだ。しかし、変化の少ない日常を過ごす専業主婦の佑里子さんは不妊治療に対するストレスが溜まっていく一方だった。

敏哉さんはその場その場での気持ちの切り替えができる。でも佑里子さんにはできない。子どもを授かればすべてが変わると夢見ているが、儚《はかな》くも夢は夢で終わっていた。

「今回も……ダメだったよ……」

「あぁ、そうなん」

素っ気なく、まるで他人事のような敏哉さんの返事にも気持ちが滅入る。何気ない相談をしてみても、「疲れているのにマイナスな話はやめてくれ！」と言葉を遮断されることもある。

「店でもやるか？　いい物件探してあげるよ」

それは優しさからくる言葉なのか、それとも離婚してひとりで生きていけという意味なのかさえもわからない。

敏哉さんもまた、不妊治療でまいっている佑里子さんにどう接していいのかわからなくなっていた。仕事と違って終わりの見えない治療のプレッシャーからくるストレスを感じてもいた。

ある日の朝、鍼灸治療へ向かうために準備をしていた佑里子さんに敏哉さんは声をかけた。

「そこまでする必要ある？」

軽く言われたその言葉で、佑里子さんは不妊治療のストレスに加えて夫への不信感も抱いてしまうようになり、精神的にもとても疲れていった。彼女の目に映る夫は、徐々に協力的ではなくなってきているようにさえ見えた。

「もう子どもは諦めてもいいんとちゃうか?」

「なんでそんなこと言うの。子どもができないのは私だけのせいじゃないのに、どうして私だけこんなに辛い思いをしなければならないのよ!」

些細《ささい》な口論のあとにそう叫んでしまったのは、結婚してから4年が経った39歳の頃だった。

以前、癒着しかけている左の卵管を通す手術をしたが、それはこの2年で完全に癒着し、自然妊娠の可能性は完全に断たれている。そのショックが大きかったこともあり、佑里子さんの感情はついに爆発したのだ。

ただ敏哉さんは、「子どもができないのだから、それはもう仕方がない。ならば子どもはいなくても幸せだと思える人生をふたりで作っていこう」という前向きな気持ちで言ったつもりだった。しかし、その思いはうまく伝わらず、双方の捉え方の違いで夫婦の歪みはさらに深まっていってしまった――。

「こんなに辛い思いをするなら不妊治療も、そして夫婦としての生活ももうやめようと思っていました。でもこれまでがんばって通い続けた鍼灸治療や整体治療、高い漢方を飲み続けてきたことがすべて無駄になってしまうので、最後にもう一度だけ体外受精をして、それで無理なら本当にすべてを諦めようと」

インタビューをする僕の目を真っ直ぐ見つめて、佑里子さんはそのときの気持ちを正直に語ってくれた。


これが最後と決めた検査日。佑里子さんはベランダから室内に入り、キッチンテーブルの椅子に腰掛けた。氷が溶けかけて2色に変わったミルクティーを飲みつつ、しばらくはゆったりとした時間を過ごした。

検査といっても、病院からもらった妊娠検査薬を使用し、自ら確認するだけ。タンスの引き出しから妊娠検査薬を取り出し、それを見つめながら残りのミルクティーを飲み干す。そして一息ついたところでトイレへと向かった。

「……なんだろう？　この感じは」

これが最後だというのに、なぜだか晴れやかな気持ちが佑里子さんの全身を包んでいる。

いつもならば、また陰性だろうと最初から諦めムードで妊娠検査薬の反応に目をやっていたが、この日は身体の調子がいつもと違うのを感じていた。

「もしかして！」

佑里子さんは咄嗟《とっさ》に妊娠検査薬へと視線を向けた。

しかし、結果はこれまでと同じく陰性。

やはり今回もダメだった……。不思議な違和感は、自らの願望や妄想からくる体調の変化だったのだろうか。

もしかして陽性かもしれないと少しばかりの希望を抱いていた自分自身を情けなく感じた。

トイレから戻った佑里子さんは、ひとりきりのキッチンテーブルの椅子に再び腰掛けて、じっとテーブルの一点を見つめた。

「もう、終わりだ……。すべて終わってしまったよ……」

しばらくの間はなにもする気が起こらなかった。ただただ、心中に広がる絶望感に近いものを払拭《ふっしょく》しようと、いつからどこでどれくらいの規模のお店を出そうとか、新たな未来を脳裏に描きながら今の自分をごまかした。

昼食も摂らぬまま、いつの間にか窓の外からはもう西日が差し込んできていた。長らく放置していた携帯電話のＬＩＮＥに、「今日は早く帰れそうだ」という敏哉さんからのメッセージが届く。佑里子さんはようやく現実に戻り、夕飯の支度をしながら夫の帰りを待った。

そのときふと、再びなんとも言いようのない異変を体内に感じた。それは身体の中心部に訴えかけてきているような気がしてならない。

「今でもその違和感をどう説明したらいいのかわからないんですけど、それは身体の状態の変化というより、なにか直感のようなものだったと思います」

佑里子さんはその日のことを振り返ってそう語った。


確かにおかしい……。身体がいつもと違う……。

そのことを敏哉さんに伝えようとも思ったが、気がヘンになったのかと捉えられるのも嫌なので、その日はいつもより早めに寝室に向かって身体を休めた。

翌朝、佑里子さんは身体がずしりと重いような感覚で目が覚めた。やはり昨日と同じ違和感が朝を迎えた今もまだ残っている。

ベッドから出て立ち上がってみると、さほど身体は重くない。

「なんだろう？　この感覚は」

佑里子さんはまだ眠っている夫に今の気分を伝える。

「しんどいんやったら病院行ったらどうや？」

ベッドの中で目を閉じたままの敏哉さんが掠《かす》れ声で答えた。

しかしこの身体の感じは風邪を引いたなどのものではない。もしや、という予感に変わっていく。

……いや、そんなことはあり得ない。そう思いつつも、もう一本あった予備の妊娠検査薬をタンスの引き出しから取り出してトイレへ向かった。

便座に腰を下ろしたときにまたも腹部に違和感を覚えた。とはいえ、痛みなどはない。相変わらず直感としか言いようがない。

両手で握った妊娠検査薬を見つめながら、誰かが私の最後の望みを叶えてくれようとしているのだろうかという思いが脳裏を巡った。

幾ばくか無言の時間が経ったあと、佑里子さんはフッと情けないため息まじりの笑みを浮かべた。あり得ないとはわかっていても期待を込めて妄想している自分に気づき、それが妙に恥ずかしく哀れであるような気がしてならなかった。

「私ってバカだよね……昨日は陰性だったのに。そんなことは起こるはずがないのにね」

自嘲気味につぶやき、佑里子さんは尿につけた妊娠検査薬を確認する。そして……しばらく息が止まった。瞬きをすることすら身体が忘れてしまっていた。なんと、妊娠検査薬が佑里子さんの目の前ではっきりと陽性反応を示していたのだ――。

「そのときの嬉しさは、今までのしんどかった不妊治療のことが一瞬ですべて消え去ってしまうものでした。途端に気持ちが穏やかになり、夫にも少しは優しくなれました」

佑里子さんは両手で自らの膝をさすりながら、隣に座っている敏哉さんを見て微笑んだ。

佑里子さんは妊娠検査薬を手に持ったまま高鳴る鼓動を抑えつつ、再び眠りについていた敏哉さんを起こして妊娠検査薬を見せた。

「ん？　なに……？　ん？　夢……？　ゆ、夢⁉」

半信半疑な寝起きの敏哉さんに、佑里子さんは小声でゆっくりと伝えた。

「夢じゃないよ。現実だよ」

敏哉さんが喜びの雄叫びを上げるのに、しばらく時間がかかった。

2

ふたりの生活は、これまでとは百八十度変わっていった。特に佑里子さんは自身の胎内に生命を授かって以来、体調や食事の管理に気を遣った。

妊娠検査薬で陽性反応が出た頃の日中はまだ汗ばむ日も多く、外食先の店内はエアコンが効きすぎていることもあった。そんなときは、敏哉さんのファッションのトレードマークでもあるストールが大活躍した。

敏哉さんは派手な色使いのストールを数多く持っており、その日の服装に合うストールを季節など関係なく必ず首に巻いている。佑里子さんはそれを借りて肩に掛け、身体が冷えないように心がけた。

不妊治療中は精神的にも滅入っていて、いつしかふたりの間に歪みが生じ、ときにぶつかり合うこともあったが、夫婦の会話は次第に弾みだした。

「このストール、やっぱり派手だね」

「そうか〜？　僕の業界ではこれくらいは普通やけどな」

「パパ、今年で何歳だったっけ？」

「えーっと、52歳……かな」

「いつまでも若づくりしてんじゃねーよ」

佑里子さんの笑顔を交えた突っ込みに、敏哉さんも思わず照れ笑いを浮かべる。そう突っ込まれたことよりも、会話の中で「パパ」と何気なく呼ばれたことに対しての嬉しいような恥ずかしいような気持ちが含まれていた。

病院での定期検診に夫婦で向かうこともあった。敏哉さんが出張で不在のときは、佑里子さんは実家のある兵庫県明石市まで足を運んで妊娠経過を伝えたり、ときには気分転換を兼ねて美容室に行ったりマツエクをしたりと、充実した日々を過ごす。また、母方の従姉妹であるふたつ下の絢子《あやこ》さんともよく顔を合わせた。

絢子さんとは幼少の頃から頻繁に会っており、当時から姉妹のような関係。佑里子さんが独身の頃は、実姉でひとつ上の奈央子《なおこ》さんと3人で同居し、奈央子さんが結婚して出ていったあともふたりで暮らしていた。

ふたりの絆はとても深く、現在は京都に住む絢子さんが大阪に来るときには自宅マンションの鍵を預けたりもする間柄である。そんな彼女とマタニティー用品を買いに出かけるのも妊娠中の楽しみのひとつだった。

あれから幾日も幾日も過ぎ、本格的な寒さを迎えた季節になっても、心の中には柔らかなぬくもりが常に広がっていて、つわりがとても酷いときの苦しみさえも幸せに感じられる。

お腹の中にいる赤ちゃんの胎動は16週から20週になればほとんどの妊婦が感じられると聞いてはいたが、佑里子さんはなかなか気づかなかった。でも病院の検診で赤ちゃんの心拍を確認し「私の赤ちゃんだ～」という実感が湧くたび、その喜びを噛みしめた。

小さな生命は順調に胎内で育ち、担当医師からは「おそらく女の子でしょうね～」と教えてもらってもいた。

「女の子か～。僕に似たら困るな～」

敏哉さんの言葉に思わず夫婦で笑い合う。

しかし、その満たされた日常で、突如としてふたりの目の前に大きすぎる壁が立ちはだかった。

６カ月検診を終えた週末の朝７時。朝食を済ませた佑里子さんが椅子から立ち上がろうとキッチンテーブルに手をついて腰を上げた途端、子宮内から液体がこぼれ出た感じがした。同時に、下半身が急激に重くなる。

この日、敏哉さんは出張で不在だったので、絢子さんが２歳半になる娘の月咲《つき》ちゃんを連れて泊まりに来ていた。

「佑里子姉ちゃん、大丈夫？」

心配した絢子さんがトイレにこもる佑里子さんに何度も声をかけてくれるも、下腹部の痛みが全身を支配し返事すらできない。

流れ出る液体に粘り気はなく少し黄色かったので最初は尿かと思ったが、尿が出る場所とは違ったし匂いもない。これは破水だとすぐにわかった。そしてその液体はいつまでも止まらない。

胎内に宿る小さな生命は、まだ21週と４日目になったばかりだった。

お腹の赤ちゃんは大丈夫なのか。もしなにかあったらどうしよう。

大きな不安が佑里子さんの心を混乱させる。救急車を呼んでいる時間もないと判断し、ようやく言葉を発した。

「タクシー停めてきて……」

か細い声を聞き取った絢子さんは急いで玄関を飛び出し、自宅前にタクシーを用意した。

いつも定期検診を受けている病院ですぐに診てもらったが、22週で生まれてもここでは治療する設備がないということで、直ちに大阪市内にある総合病院へと救急搬送された。

佑里子さんの両親は遠方のため、すぐに駆けつけることはできない。そのため、絢子さんが月咲ちゃんを連れて付き添った。

佑里子さんが運ばれたベッドの周りを看護師さんが慌ただしく動き回っている。いくつもの点滴と下腹部の違和感で寝返りを打つことすらできない佑里子さんのそばで、絢子さんは目を真っ赤にして涙を浮かべている。

やはりこれはただ事ではない。極度の不安感がうごめく中、それをなんとか払拭しようと佑里子さんはまぶたを閉じ、強く祈った。

「私はどうなってもいいので、どうか、どうか、お腹の赤ちゃんだけは無事でありますように」

病院の医師からは、なんらかの拍子で破水してしまい、胎内の羊水が赤ちゃんの口もとに少し残っているだけでほとんどない状態だと告げられた。

羊水が少ないと、胎児の腎臓の機能低下や低形成などを起こす染色体異常を合併していたり、胎盤の機能低下などから胎児発育が不良になったりすることが心配される。

「お腹の赤ちゃんはどうなるのですか……？」

まぶたを大きく開き、動揺して震える唇から弱々しい口調で医師に問いかける。

「今出産すると流産になってしまいます」

その言葉が耳に届いた途端、佑里子さんの全身はさらに重みが増した感覚に見舞われた。

これが最後と決めた体外受精で妊娠がわかり、私にも夫にも消えかけていた笑顔が戻った。お腹を撫でながらまだ見ぬ赤ちゃんを夢の中で抱っこした。そして成長していく我が子の姿を脳裏に描きながら眠った。でもそれらはすべて夢で終わるのか。

「いやーっ！　そんなのいやー！　産みたい！　赤ちゃんを、私の赤ちゃんを産みたい！」

佑里子さんの涙はいつまでも止まらなかった。

新たな生命は母の胎内で、約10カ月をかけて身体のさまざまな箇所を形成していく。

しかし佑里子さんの胎内に宿った小さな生命はまだ21週と4日目。母体保護法では22週を迎えなければ、赤ちゃんがお母さんのお腹の外では生きていけない週数とされ、病院での救命措置はしてもらえない。従って21週と6日目までの出産は流産として扱われてしまう。そして22週を過ぎれば早産になるため、救命措置をしてもらえる。

「私はどうなってもも構わないので、あと数日だけ、この子を私のお腹にいさせてあげてください」

そばにいる医師に言っているのか、それとも遠いお空の彼方にいる誰かに懇願しているのか、佑里子さんは何度も何度もこの言葉を繰り返した。

付き添っている従姉妹の絢子さんの目に溜まっていた涙がついにこぼれ落ちた。絢子さんもまた、月咲ちゃんとこれから生まれてくる赤ちゃんが成長して、ふたりが楽しげに遊んでいる姿を夢見ていた。

「佑里子姉ちゃん、きっと大丈夫。きっと大丈夫だよ」

絢子さんは佑里子さんの手を握りながら、なんとか言葉を絞り出した。


佑里子さんはほんの少ししか残っていない羊水を辛うじて保ちながら、子宮の働きを抑制する薬を投与された。我が子の命を守るためにも、早産として認めてもらえるまでの数十時間を持ちこたえるしかない。

少しでもお腹に力が入らないように意識した。そのせいでトイレに行くのも怖くて、食事が喉を通らない。少しだけ伝わってくる下腹部の心拍が赤ちゃんの生きている証拠なので、その鼓動を感じやすいようにと、テレビもつけずにじっと過ごした。

年齢を重ねると共に月日の流れが早くなると最近は特に感じていたのに、今はたった数分でさえ長い。ただただ時計の針を見つめて、時が進むのを待つしかなかった。

「あと数日でいいので、どうか22週を迎えさせてください。神様」

佑里子さんは強く目を閉じ、祈り続けた。

敏哉さんも、仕事の合間を縫って頻繁に病室を訪れた。いつも黙って佑里子さんの手を握る。

それが佑里子さんには、自分に、そしてお腹の赤ちゃんにパワーを送り届けてくれているように思えた。夫に手を握られたまま静かにしていると、自身の心拍とは別に赤ちゃんの心拍を下腹部から感じるようになった。そのときはほんの少し心が和らいだ。

それからは「この人はこの子の救世主である」とひたすら信じ込んだ。

だが、気持ちを落ち着かせて平常心でいようと心がけても焦りが募る。お腹の違和感に悩まされるたびに、赤ちゃんは大丈夫なのかと心配になる。病室の天井を見ながらいつしか浅い眠りに入るも、お腹の赤ちゃんが気になってすぐに目が覚めてしまう。

佑里子さんは毎日病室のベッドで、最悪の事態が起こってしまうのではないかとひとり怯《おび》えていた。

「予定より早い破水には原因などないのですよ。だからなにが悪かったとか、まして自分が悪かったなんてこともないのです。この先を明るく見ていきましょう」

医師はそうフォローしてくれるが、佑里子さんはときに自分自身を責めてしまう。あの日、テーブルに手をついたとき、力を入れすぎてしまったのだろうか。椅子から立ち上がるスピードが速かったのだろうか。なぜあのとき、立ち上がろうとしたんだろう。いや、それまでの日常生活に問題があったのだろうか。買い物に出かけたりしたことで破水が早まったのではないだろうか。赤ちゃんが生まれてくるまではいっさい外出せずに自宅で大人しくしていれば、こんなことにはならなかったのでは……。

そんな反省すべきではないことを反省し、後悔し、いろんな感情と下腹部の違和感がまぜこぜになって苦しんだ。

絢子さんは佑里子さんのことが心配で、入院してからはずっと佑里子さんの自宅に泊まっていた。そして月咲ちゃんを連れて毎日様子を見に来てくれていた。

「きっと大丈夫だよ。きっと」

お腹の赤ちゃんが21週と6日目になった1月23日の日中、お見舞いに来た絢子さんは、今日もこの言葉を何度も繰り返して励ましてくれた。もう涙は見せずに笑顔を浮かべて。

「ねぇ、佑里子姉ちゃん。一緒に〝大丈夫コール〟しようよ」

音が響かないよう静かに手のひらを打ちながら、絢子さんが「大丈夫〜、大丈夫〜、大丈夫〜、大丈夫〜」と、ささやき声でコールし始める。

「さあ、佑里子姉ちゃんも言って」

「なんだか子どもみたいだね」

佑里子さんは少し笑った。

「お腹の赤ちゃんも一緒にコールしてくれるよ」

絢子さんに合わせて、佑里子さんも静かに口もとを動かし始めた。

「大丈夫〜、大丈夫〜、大丈夫〜、大丈夫〜」

しばらくの間、ふたりは微笑みながら小さな声を揃える。いつもは時計の針がなかなか進まないと歯がゆかった佑里子さんだったが、絢子さんがそばにいる数時間は思いのほか早く感じられた。

「絢子、ありがとう」

絢子さんが帰った深夜、暗い病室のベッドの上でひとり、佑里子さんはずっと時計を見つめていた。緊張感が高まり鼓動が早くなっている。まだか、まだかと気持ちが急《せ》き立てられつつも、ゆっくりと深呼吸をし、時計の長針と短針がてっぺんで重なり合うのをひたすら待つ。

いよいよ秒針は佑里子さんと、そしてお腹にいる赤ちゃんにとっての最後の一周になった。

またも心拍数が上がってきているのがわかったので、再び大きく深呼吸をしてみたが、緊張で浅い呼吸にしかならない。

「大丈夫〜、大丈夫〜、大丈夫〜、大丈夫〜」

唇を少しだけ動かして、佑里子さんはひとり〝大丈夫コール〟を繰り返した。

そしてついに、時計の針が午前0時をさして新しい日付を刻んだ。

22週と0日。この瞬間、胎内の赤ちゃんはこの世で生きる権利を与えられたことになる。

「おめでとう。そしてありがとう。よくがんばったね、私の赤ちゃん」

いくつもの点滴の針を気にしながらも、佑里子さんはまださほど大きくもなっていないお腹をゆっくりとさすった——。


今もなお、佑里子さんは目を潤ませながらこう語る。

「私たち夫婦の思いが遠いお空に届いたのだと信じています」

隣に座る敏哉さんも深く頷いた。


とはいえ、赤ちゃんは通常、妊娠37週から42週の間に誕生するが、佑里子さんの胎内の小さな生命は22週を迎えたばかり。一つひとつの臓器は形成されているのか、またそれが機能してくれるのか。少しでもその不安を取り除く方法は、一日でも長く胎内で成長させることだと医師に聞かされた。

だから敏哉さんもできる限り佑里子さんのそばについていてあげたかった。が、これまで引き延ばしていた海外出張に向かわなければならない期限が来たため、後ろ髪を引かれる思いで日本を発った。

23週に入れば帝王切開で産む予定でいたが、破水をしてから１週間が経った１月27日の午後５時。佑里子さんの身体にとうとう陣痛が起こった。

陣痛を抑制する点滴をしても、佑里子さんの腕に入っていた点滴の針が細すぎたせいか薬の入りが遅くて効かない。分娩室へと運ばれ、点滴の針を太い針に入れ替えるも、陣痛は２〜３分おきに。もう抑えることができず普通分娩で産むことになった。

その間に佑里子さんの母や姉の奈央子さん、絢子さんが駆けつけ、海外出張中の敏哉さんに現状を連絡してくれた。敏哉さんは帰国する飛行機に乗り込む直前であった。

「まだ少しだけでも、私のお腹に……」

医師に届いたかどうかもわからないくらいの掠れ声で訴えたが、これ以上は限界だった。

午後８時44分。佑里子さんの胎内に宿っていた生命は、二度力んだだけでスポンと生まれてきた。

出てきた瞬間に「キャッ」というとても小さな産声《うぶごえ》が佑里子さんの耳に届いた。生きてくれてる！　と実感した佑里子さんは嬉し涙を頬に伝わせた。

本来ならば、生まれたての赤ちゃんは母の胸もとまで運ばれ、母と肌を触れ合いながらの初対面をするが、佑里子さん母子はさせてもらえなかった。22週と3日目で生まれてきた赤ちゃんはすぐにさまざまな措置を取らなければならないため、母子分離を余儀なくされるのだ。

「女の子ですよ」

そう伝えてくれた医師に、佑里子さんも視線だけを向けるのが精いっぱいだった。すぐ処置台に運ばれ医師が挿管している我が子を分娩台から見たときは想像以上に小さかった。

体重は325グラム。身長はあまりにも小さすぎて測れなかった。

厚生労働省の『平成30年 我が国の人口動態』では、出生時の平均出産体重は男児3050グラム、女児2960グラムであるが、それに比べて約9分の1の大きさということになる。

新生児の出生体重が2500グラム未満だと低出生体重児、1500グラム未満だと極低出生体重児、1000グラム未満だと超低出生体重児と定義され、全出生における低出生体重児の割合は9%、極低出生体重児は0・5%前後を推移しているという。

米アイオワ大学のデータベースによると、これまで世界で一番小さかった男の子は、ドイツで2009年に274グラムで生まれた赤ちゃんだった。女の子では、同じくドイツで2015年に252グラムで誕生した赤ちゃんが世界最小だという。

日本では、超低出生体重児の救命率は約9割だが、300グラム未満の場合は5割程度にまで低下すると慶応義塾大学病院が発表している。つまり、300グラムをわずかに超えて生まれてきたこの赤ちゃんの身体はとても弱い。

しかも、産声をあげたのは出てきた際の一回きりで、その後の声はない。本当に大丈夫なのか……という不安や恐怖に苛《さいな》まれる。

「どうかお願いします。助けてください」

佑里子さんは心の中で、何度もこの言葉を繰り返した。

挿管が終わり、一瞬だが医師が分娩台にいる佑里子さんのそばに手のひらに乗るぐらいの赤ちゃんを連れてきてくれた。小さな身体で手足を動かす姿を目の前にし、さっきまでの不安や恐怖が一気に消え去る。命のすごさに感動し、佑里子さんの頰に再び涙が流れ落ちた。

「生きて生まれてきてくれてありがとう」

佑里子さんはその涙を拭うこともなく、胸の中だけで感謝した。

帰国客や観光客でごった返す関西国際空港の税関を抜け、そのまま総合病院に直行した敏哉さんが到着したのは、午後11時を過ぎていた。さまざまな検査や処置の続く我が子にはまだ会わせてもらえない。

「面会できるのは、そうですね～、おそらく深夜になってしまうと思います」

急ぎ足の看護師さんからそう伝えられた敏哉さんは、佑里子さんが休む病室に向かった。佑里子さんの肩にそっと手を当てると、そのぬくもりで目を覚ました。

「よくがんばったね。ありがとう」

感謝の気持ちを伝える敏哉さんに佑里子さんは少し寂しげな笑みを浮かべ、幾粒かの涙を流した。

「もっとがんばれなくてごめんね。こんなに早く産んでしまってごめんね」

その涙は佑里子さんの頬をゆっくりと伝い、柔らかな枕に染み込んでいく。

「なにを言ってるんや。佑里子はがんばった。僕やったらできないことや。佑里子はがんばった。すごくがんばったんやで……これからはお母さんやで……」

「……うん。弱いお母さんじゃなくて強いお母さんになるからね」

こぼれ落ちる涙は敏哉さんにも伝染し、ふたりは手を握り合いながら静かな時間を過ごした。


ふたりの赤ちゃんはＮＩＣＵ（新生児集中治療室）にいる。ここは、早産で生まれた新生児、出生時より呼吸障害を認める満期産児、重症新生児仮死の状態で出生した新生児、あるいは出生時より処置を要する先天性疾患を合併した新生児を対象に集中治療を行う特殊部門である。

そこに敏哉さんが入れたのは、深夜２時を回った頃だった。

「覚悟はしていたけど、こんなに小さく生まれてきたのか……」

敏哉さんは握りこぶしぐらいの大きさの我が子を初めて見たとき、衝撃を持って受け止めた。

細い管を口から通し、その管を小さな上唇にテープで貼り付けて固定している。他にもたくさんの管が身体中に付けられ、保育器の中で眠っている我が子が痛々しい。

言葉にならず、「泣いたらあかん、泣いたらあかん」と心の中で繰り返す。

目に映る小さな我が子は「パパ～大丈夫だからね～」と言おうとしているのか、時折微かに指先を動かしてくれる。まぶたにギュッと力を入れる仕草もする。

羊水もほとんどない中で、よくがんばってくれたね。

懸命にこらえていた涙が敏哉さんの目から一粒流れた。

「脚長いな～。でもお顔はパパそっくりやな、ごめん……。君が退院したら、一生ワガママ言っていいぞ」

敏哉さんは心の中でひとりで会話し、その後は顔いっぱいに笑顔を浮かべた。そして、佑里子さんと同じ言葉を小さな赤ちゃんに届けた。

「生きて生まれてきてくれてありがとう」

3

赤ちゃんが誕生して3日後の1月30日。医師との面談を控えていたが、この日の佑里子さんは朝から発熱していたのでベッドで安静にし、敏哉さんだけが医師の待つ部屋へと向かった。

医師から最初に伝えられたのは、今の段階ではなんとも言えないが、いつ赤ちゃんの容態が急変してもおかしくはないということ。特に肺はまだできていないと告げられた。

胎児の肺は、妊娠34～35週から急激に増えてくるレシチン（肺胞をふくらませる働きをする主成分）によって肺機能が発達し、自力で呼吸する準備ができるが、22週と3日目で生まれた赤ちゃんは自発呼吸ができないので、小さな口に通している管から酸素を送り込んでいる状態だ。

「赤ちゃんの生存率は30％です」

医師から告げられたその言葉で、敏哉さんは全身が硬直した。肺以外にも多くの臓器のこれから不安視される説明をいろいろと聞かされたが、「生存率30％」という言葉があまりにも衝撃的すぎて、それ以外の説明は記憶に残らなかった。ただただ「今の日本の医療技術なら絶対に大丈夫。絶対に」と自分に言い聞かせ、我が娘の生命力と医療技術を信じるしかなかった。

翌日、熱が下がった佑里子さんは退院する予定でいた。しかし、赤ちゃんの呼吸状態が落ち着かないとの知らせを受けたので、もう精算は済ませたあとではあったがひとりで帰路につく気にはなれなかった。

かといって、なにかをしてあげられるわけでもない。我が子を抱きしめることも、あやしてあげることもできない。保育器の中で眠っている小さな娘を見つめているだけで時間は過ぎていった。

いつかこの子に母乳をあげられる日は来るのだろうか。

強い母になると夫の前で誓ったはずなのに、こぼれ落ちる涙はいつまでも止まらず、形容しがたい感情が胸中に広がる。

結局、病院をあとにしたのは真っ暗な夜空になった頃だった。

退院した翌朝、佑里子さんと敏哉さんには真っ先にしておかねばならないことがあった。それは出生届を区役所に提出すること。

面談で医師に説明を受けたように、いつ容態が急変して最悪の結果を迎えてしまうかわからない。考えたくはないが、数時間後に遠いお空へ旅立ってもおかしくはない状態だ。

我が子がこの世に生を受けた証《あかし》は絶対に残してあげたい。そんな思いでいっぱいだった。

名前は、「奈乃羽」。苗字と合わせた字画も、天格・人格・地格・外格のすべてが大吉になるよう敏哉さんが幾日もかけて調べてつけた名前だ。

区役所に行った足で、ふたりは小さな我が子のもとへと向かった。

「ママだよ〜。今日から奈乃羽って呼ぶからね〜。奈乃羽って名前、気に入ってくれるよね。奈乃羽〜」

静かに眠っている赤ちゃんが、昨日と同じくほんの少し指先を動かして反応する。

「私の声、聞こえたのかな」

「うん。きっとそうだよ。ママの声が聞こえたから、嬉しくて反応してるんだよ」

それからもずっと、佑里子さんは小さな赤ちゃんに「ママだよ〜、ママだよ〜」と優しく声を届け続けた。

小さな赤ちゃんはまぶたをギュッとして、返事をしているように見えた。

奈乃羽ちゃんがいる総合病院までは自宅から車で30分ほどの距離だが、大阪の中心部を通らなければならないので渋滞にはまるとかなりの時間を要する。

それでも佑里子さんはこの日から、毎日欠かすことなく我が子と触れ合うために車を走らせた。敏哉さんが車を使用しているときは、電車を乗り継いで向かった。

敏哉さんもまた、仕事の合間のほんの少しの時間を利用して我が子へ会いに行った。腕が入るサイズの穴が開いている保育器に手を入れ、ふたりは小さな愛《いと》し子を指先だけで優しく触れる。

「奈乃羽〜。奈乃羽〜。ママだよ〜。パパだよ〜。いつか抱っこしようね〜」

小さな身体にいくつもの点滴の針が入っている奈乃羽ちゃんだが、ママとパパの指先のぬくもりを感じて安心しているかのようにスヤスヤと眠っていた。

奈乃羽ちゃんの手のひらにそっと指を差し込むと、微かに反応してくれる。懸命に生きるその姿に、ふたりは少しの笑みと少しの涙を浮かべた。

抱っこができない寂しさはあれど、奈乃羽ちゃんのため、佑里子さんにしかできないことがあった。そのひとつが搾乳《さくにゅう》だ。自宅でも、そして我が子との面会の合間であっても、約3時間に1度のペースで搾乳を行った。

どんなに朝早くても、また真夜中であっても夫を起こさないよう、なるべく物音を立てずに搾乳するが、なかなか母乳が出てくれない。それでもなんとか絞り出して、わずか10 ccほどの母乳を来る日も来る日も病院に運び届けた。

母乳で湿らせた綿棒を担当看護師の東《ひがし》さん（仮名）が口内に運ぶと、奈乃羽ちゃんはチュパチュパと吸って口もとを動かす。そのたった一滴の母乳も我が娘の一滴の血液となりますようにと、佑里子さんは願いを込めた。

そんな小さな幸せと大きな不安を胸中に混同させながらの日々を過ごしている最中、朝早くから電話が鳴った。奈乃羽ちゃんの腸が腫れてきているとの連絡だった。急いで病院に駆けつける。

医師の説明によれば、腸が腫れて破れてしまうと汚物が体内に流れ、死に至ってしまう危険性があるという。しばらくは排便を促し、様子を見ましょうとの判断だった。

しかし、その翌日には奈乃羽ちゃんの腸は破れ、緊急手術となった。

佑里子さんはその日のことを手記に残している。

2月4日。お昼12時頃に病院から電話があり、奈乃羽の腸が破れてガスと汚物がお腹の中に出てしまっていると言われた。

すぐに病院へ行って説明を聞くと、本当なら破れている腸を身体の外に出し、お腹の中に汚物が広がらないようにするための手術が必要だが、今は奈乃羽がその手術に耐えられるかわからないとのこと。ひとまずお腹の中に洩れているガスと汚物を取り除くためにお腹を少し切開し、管を入れて取り出す手術をしてもらった。

手術を待っている間、不安でいっぱいの私たちだったが、先生が1時間後「成功しました」と面談室に入ってきたとき、心からホッとして先生方と、そしてがんばってくれた奈乃羽に感謝した。手術前、少しだけ奈乃羽に面会に行ったら、片目を少し開けて私たちをじーっと見てくれていた。

あんな小さな身体で、こんなに大変な手術や痛みを一つひとつ乗り越えてくれて、何度お礼を言っても足りない。

この日の夜、不思議なことがあった。いつものように「奈乃羽を助けてください」と祈りながら寝ていると、いきなり誰かに手をギュッと握られたと思ったらスッと消えた。奈乃羽の回復を祈ってくれている誰かが来てくれたのかもしれない。

すべてに感謝。奈乃羽の体力が大丈夫になったら、次の手術ができるようになるから、早く元気になってほしい。感染病や体力低下にはならないように守ってあげてください。

―佑里子さんの手記より―

「奈乃羽ちゃんの状態が不思議なくらいにとてもいいので、昨日できなかった腸を取り出す手術を今からしましょう」

手術翌日の昼間、佑里子さんが病院で搾乳していたら、小児外科の医師からこのような報告があった。

「昨日、手術をしたばかりなのに大丈夫でしょうか?」

佑里子さんは、奈乃羽ちゃんに2日続けての手術を乗り越えられる体力があるのかが心配でならない。

奈乃羽ちゃんの腸はとても細く、どこが破れているのかは取り出してみないとわからないし、取り出してもなかなか見つけられないかもしれない。だけど不思議にも体調がすこぶる良好なこのタイミングを逃すことはできないという医師の言葉が後押しとなり、手術を受けることにした。

午後3時に奈乃羽ちゃんを手術室まで見送る。面談室で待っていると敏哉さんも急遽《きゅうきょ》駆けつけてきたが、なぜかふたりの胸中に常々はびこっていた不安な気持ちは薄らいでいた。なんの根拠もないけれど、必ず成功すると信じて疑わなかった。

手術開始から2時間が経過した頃、面談室に現れた医師から「無事に成功しました」と報告を受け、ふたりは互いに笑顔を向け合い安堵に浸った。

しかも、腸の破れている箇所を特定するのはレントゲンで診ても確認できなかったのだが、この辺りではないかという箇所を取り出したらピンポイントで破れている穴が見つかったらしい。

「今できる一番の治療ができましたよ」

医師のその言葉にふたりは感謝し、深く頭を下げた。

小さな身体の奈乃羽ちゃんが２日続けての手術に耐えられるかどうかはやってみないとなんとも言えないと伝えられていたにもかかわらず、奈乃羽ちゃんは懸命に闘って生命を維持した――。

前夜、佑里子さんが寝ているときに手を握ってスッと消えたのは、大きな力をもつ神様なのか、それとも奈乃羽ちゃんのことをとても大切に思う遠いお空の向こうにいる誰かなのか。いずれにしても奈乃羽ちゃんのそばに駆け寄り、支えてくれていたのかもしれない。

「手術中、夫婦共に極度の不安に駆られなかったのも、その誰かの声なき声が知らず知らずのうちにふたりの心にじんわりと届けられていたからなのでしょうか」

佑里子さんはゆったりとした口調で語った。

とはいえ、ＮＩＣＵの保育器の中で懸命にがんばっている奈乃羽ちゃんのことを日々祈り、ときには大きな見えない力をいただいていると感じつつも、奈乃羽ちゃんの姿を見ていると母として心が沈みそうになることもあると、佑里子さんは正直に話してくれた。

背中の皮膚は床ずれで炎症を起こしており、痛々しい。細い手足にはいくつもの点滴の針が入り、小さな口からは管で酸素を送りこみ、手術をした腸にも管が通されている。その細い腸の中から粘り気のある便が排出されれば母乳は吸収されていると判断できるのだが、水っぽい便汁だと吸収されていないということになる。このときの奈乃羽ちゃんは、綿棒に湿らせたわずかな母乳でさえ体内にはほとんど吸収されずに流れてしまっていた。

「奈乃羽はこれから先、成長してくれるのだろうか」

「奈乃羽といつまで一緒に過ごせるのだろうか」

縁起でもないとすぐに脳裏から払拭するが、またしばらくするとその不安が舞い戻ってきてしまう。

たくさんの人に「絶対になんとかなるよ。良くなると思うよ」と励ましの声をもらい、少しばかりの笑顔も作る。しかし内心では傷つき、「なぜ、簡単にそんなことが言えるのよ。他人事だと思って」などとどうしようもない心の揺れをぶつけたい気分にもなってしまう。

それを恐れて、誰とも話したくない日もあったり、友人からの電話に出ないときもあった。

気分転換になればと夫婦で外食に出かけたりもするが、どこか精神状態の安定しない佑里子さん。それは敏哉さんも同じである。

「明日は仕事の打ち合わせを兼ねての会食があるから病院には行けないんや」

「少しぐらい時間作れるでしょ」

「いや、どうしても無理なんや」

「奈乃羽のこと気にならないの？　なんか逃げてるように思ってしまうよ」

「逃げてなんかないよ。でも仕事やから仕方がないやろ」

何気ない会話の中で相手の言葉が引っかかり、やがて激しい口論へと発展してしまう。

ふたりの心中にはびこる行き場のない苦しみを他人にぶつけることなどはできない。だから夫婦が衝突する。互いの言葉一つひとつに、それぞれがときに落ち込み、その後は自らの不甲斐なさに涙してしまうことも多かった。

そんな不安定な日々が続くある日、またも些細なことで口喧嘩になったが、敏哉さんの言葉で佑里子さんは目を覚ましたという。

「奈乃羽が必死にがんばっているときに……僕たちがこんな喧嘩してたら、奈乃羽に申し訳なくないか……」

その瞬間、佑里子さんの脳裏に奈乃羽ちゃんの姿だけが駆け巡った。

命を守る透明な保育器の中で、ひとりで闘っている姿。少しでも良くなろうと、小さな身体で懸命に生きている姿。そしてこれから先も生きようとして、わずかしかない体力を振り絞っている姿。

生きて生まれてきてくれたことに感謝したはず。強い母になると誓ったはず。

佑里子さんはうつむき、しばらく言葉を発することなく自問自答する。

もし奈乃羽が私たちのこんな姿を見たらどう思うんだろうか。ママ、パパ、私のためにごめんね、と悲しむんじゃないだろうか。……奈乃羽はなにも悪くないからね。ママとパパの笑顔を見たいよね。そんなこともわかってあげられなくてごめんね。ホントごめんね、奈乃羽。

一方で敏哉さんも、どうしようもない苛立ちを佑里子さんに突き刺してしまったこれまでを反省した。

静かな時間がどれくらい流れたのかはわからない。

「……ごめんなさい」

佑里子さんはその一言だけを敏哉さんにつぶやいた。敏哉さんは優しい笑みを佑里子さんに向け、そして表情を引きしめて言葉を発した。

「僕のほうこそ……ごめん……強い父になるわ……」

佑里子さんは涙の中で頬をゆるめた。

ポジティブな母の姿を奈乃羽は望んでいるよね。これからはどんなに心が苦しくても笑顔でいるから。ときには元気の出ない日もあると思うけど、笑顔でいる努力をするからね。どうしても苦しいときはひとりきりになって思う存分泣けばいいんだもん。でも奈乃羽の前では、強い母でいるからね。

脳裏に浮かんだ奈乃羽ちゃんにも心の声を届けた――。


「将来の夢は、いつかひとつ屋根の下で家族で暮らすこと。ずっと思い続けていれば、その夢は叶うって言うでしょ。必ず奇跡は起きると信じてます。奇跡って言ってしまうのもヘンな話なんですが」

初めてインタビューをしたとき、佑里子さんは何度かこの言葉を口にした。その目は輝き、表情も晴れ晴れとしていた。


佑里子さんの胸中に降り続いていた大雨は次第に上がり始めた。

奈乃羽ちゃんがいる総合病院のNICUでは、10人ほどの医師が持ち回りで小さな赤ちゃんたちを診ている。担当医との面談で、今後を不安視するような厳しいことを伝えられて心が曇ってしまっても、奈乃羽ちゃんと面会するときは笑顔でいることを心がけた。
そんな佑里子さんの心の変化が届いたのか、奈乃羽ちゃんがさらにがんばりを見せてくれているのが、次の手記からも感じとれる。

2月8日。13時30分頃に夫婦で病院に行き、少し母乳を絞って綿棒に湿らせて、それをおしゃぶりにしてあげたら、上手にチュパチュパしておいしそうだった。おへその点滴も外れて手足に移せたので、感染のリスクも抑えられて良かった。大きな機械もひとつ取れたので、日々少しずつだが回復に向かってくれている。
体重も測れるようになって、348グラムだった。23グラム増えていた！ 感動!! ウンチが少し出たみたいなので、今日は最高の一日!! 母乳おしゃぶりも、もういつあげてもいいと言っていただいたので、今日の夕方から毎日帰る前に母乳をビンに入れて、置いて帰ることになった。いっぱい母乳を飲んで早く元気になってほしい。

―佑里子さんの手記より―

この頃は奈乃羽ちゃんの鼻に細い管を通し、そこから0・5ccの母乳を8回に分けて胃の中に直接流し込み、ちゃんと消化していくかの様子を見ていた。奈乃羽ちゃんの具合は良好のようで、次第に母乳の分量も1・0cc、1・5ccと増えていき、佑里子さんは直接的ではないが、我が子に母乳を与えられていることに小さな喜びを感じていた。

奈乃羽ちゃんの髪も、生まれてすぐのときは金髪っぽく薄かったが、ここ数日で黒髪になりつつあり毛量も増えた。

一歩一歩着実に成長してくれているのだと、佑里子さんは実感していた。

一方で、点滴の針や床ずれの痛み、小さな口や鼻に通されている管の違和感がストレスとなって泣きだすこともある。佑里子さんや敏哉さんが奈乃羽ちゃんの頭にそっと手を当てると呼吸は安定していったん涙は収まるものの、頭から手を離すと再び呼吸が乱れる。

だから佑里子さんと敏哉さんは、面会終了時間ギリギリの午後8時まで奈乃羽ちゃんのそばにいることも多かった。ただ、なかなか帰宅できないのも「この子の親なんだなぁ」と改めて感じさせてもらえる時間でもあった。

2月13日にはお腹に入れていたチューブを外し、ガーゼだけをつけて奈乃羽ちゃんの腸の様子を確認することになった。

「今までチューブから便が出てくることはなかったので、破れていた腸以外に大きく破れている箇所はないと思います」

外科医との面談では嬉しい報告を受けたが、貧血になっていたので輸血をしてもらった。

また、皮膚科の医師も奈乃羽ちゃんの床ずれした皮膚の状態を診てくれた。

その際、取れそうになっているかさぶたを取って薬を塗ってもらったが、かなり痛かったようだ。心拍数も上がってしまい、すぐには落ち着かなかったらしい。それでも、敏哉さんが佑里子さんを迎えに来た午後7時頃には落ち着いていてスヤスヤと眠っていた。

ふたりは少しばかり安心して、面会終了の午後8時に病室をあとにした。


「おかえり～～！」

自宅マンションの玄関の扉を開けると、小さな足音が聞こえてきたと同時に、従姉妹の絢子さんと月咲ちゃんがふたりを迎えてくれた。

「ただいま～、月咲ちゃん」

月咲ちゃんの笑顔にはいつも癒やされる。月咲ちゃんに手を引かれて部屋に入ると、美味しそうな匂いが充満していた。お鍋料理を作ってくれており、放ったらかし状態だった部屋の中もきれいに片付けられていた。

「ごめんね～。絢子も疲れてるのに……」

「ううん。全然大丈夫。それよりお腹空いたでしょう。早く食べようよ！　あったまるよ〜！」

終始明るく振る舞う絢子さんと月咲ちゃんのおかげで、この夜は暗い気持ちにならずに過ごせた。

遊び疲れたのか、月咲ちゃんはソファーで寝息をたてて眠りだした。その横顔を見つめながら「奈乃羽も月咲ちゃんみたいに元気になってくれたらいいな〜」と佑里子さんがつぶやく。

「大丈夫だよ。絶対に良くなるよ」

絢子さんの言葉には不思議と反発心などはいっさい生まれず、佑里子さんは素直に首を縦に動かした。


２月19日。奈乃羽ちゃんの体重は３７４グラムになっていた。

「生まれたときより49グラムも増えた。やった〜！」

「もうちょっとで50グラムのアップになってたのにね」

敏哉さんも奈乃羽ちゃんの成長に、喜びを顔いっぱいに表した。この日、来てくれた佑里子さんのお母さんも、１時間だけの面会ではあったが孫の成長にとても感動していた。

姉の奈央子さんからもＬＩＮＥが届いた。奈央子さんは大阪府高槻市に住んでいて、

10歳の女の子と6歳の男の子がいる。これまでも、奈乃羽ちゃんの様子を確認する連絡を頻繁にくれている。にもかかわらず文面には、2児の育児と仕事に追われる毎日で会いに行けず、本当に申し訳ないという謝罪の言葉が並んでいた。

佑里子さんは姉への気遣いに加えて、前向きな返信をした。

「全然大丈夫だよ。もし来てもらってもNICUに入れるのは私たち夫婦以外は奈乃羽の祖父母までなんだよね。奈乃羽は少しずつ成長してがんばってくれているよ。私もすっごく元気だし。奈乃羽を産む前も、そして産んでからも、奈央子姉ちゃんが何度もLINEで励ましてくれたおかげだよ。ありがと」

でもその中に絵文字を使うことはできなかった。姉にはなるべく心配をかけないようにしたい。でも我が子が疾患と懸命に闘っているのに、可愛い絵文字を入れる気分にはなれなかったのだ。

それから4日後の2月23日には、奈乃羽ちゃんの体重が400グラムを超えた。

今日も皮膚科の医師が背中の皮膚の状態を診て、すごく良くなってきていると知らせてくれた。

現時点での奈乃羽ちゃんの疾患は、肺が形成できていないこと、腸が破れてしまったこと、そして背中や首、腕の床ずれである。それらのさまざまな処置中も、これまでと比べると心拍数や呼吸の数値がかなり安定してきた。

みんなに触られ慣れてきたらしく、担当看護師の東さんから「奈乃羽ちゃん、お姉ちゃんになったね」と褒められ、佑里子さんも自分のことのように嬉しくなった――。


この病院ではひとりの赤ちゃんにつきひとりの看護師が担当となる。基本的には小さな赤ちゃんが生まれてきたときに担当を持っていない看護師さんがその役目を担うが、週数や状態によっては経験値の高い看護師が優先されることもある。

東さんは他の病院で５年、そしてこの病院でも５年目の勤続となる中堅看護師だ。

「担当になった奈乃羽ちゃんを初めて見たときは、とても小さな赤ちゃんで、正直私にケアできるのか不安になりました」と当初を振り返った。

東さんはこれまでにもたくさんの小さな赤ちゃんをお世話してきたが、ここまで小さな赤ちゃんは初めてだった。

小さく生まれてきた赤ちゃんの中でも奈乃羽ちゃんのような、特に小さな超低出生体重児の赤ちゃんは年間でもごく少数。この総合病院の超低出生体重児（１０００グラム未満）の受け入れ数は、２０１５年が42人（重複あり）、２０１６年が34人、２０１７年が30人だった。

そのうえ、生育の経過や家族の背景も、またお母さんお父さんの気持ちもそれぞれ違う。なかなか赤ちゃんに触れることができず、現実を受け入れられないお母さんお父さんもたくさんいる。怖さや先々の不安、そして「早く産んでごめんね」という申し訳なさなど、複雑な思いを抱えているお母さんたちの心のサポートも必要だ。

「そこをどう支えていくか、どのように家族に接していくかということも、看護師としての大切な仕事だと思っています」

家族と共に喜び、家族と共に悲しむ。看護師さんたちは常々お母さんお父さんとよく話し合って、その意向を踏まえてのケアに努めている。

「大変なはずなのに、なのちゃんママはいつも気丈にされていて、そして私たちのすることをよく観察されてました」

これが東さんが感じた当時の佑里子さんの印象だった。

「そのときは、奈乃羽が明日にはもういないかも……と思うと、今してあげられることをすべてしてあげたいという気持ちでいっぱいで。だから最初は看護師さんたちのケアのし方を見よう見まねで覚えました」

「それを行動に移せるのがすごかったです」

佑里子さんと東さんは目を合わせてにっこりと笑った。

便汁が多かったり、尿が少なかったりと気になることはいくつもあるが、体重は徐々に増えてきている奈乃羽ちゃん。胃に流し込む母乳の量も、生後1カ月を迎える頃には2・5cc×8回にまでなっていた――。

「プクプクのほっぺとクリクリの目が可愛くて、何時間でも見ていられました」

佑里子さんは当時の奈乃羽ちゃんのことを愛おしそうに思い返す。

とはいえ、奈乃羽ちゃんの健康状態は日々変化してしまうので、まだまだ予断を許さない。首の周りは薬の副作用でむくみだし、便も便汁しか出なくなり、これまで良好だった母乳の受け入れも厳しくなっていった。

奈乃羽ちゃんは母乳以外にも点滴で栄養剤を投与しており、栄養剤だけだと免疫力が低下してしまうが、腸への負担をかけないようひとまず母乳はやめることに。ただ母乳を湿らせた綿棒はおしゃぶりとして与えてもいいと医師に許可をもらえたのが、せめてもの救いだった。

奈乃羽ちゃんはママから手渡された綿棒を自分で握り、一生懸命にチュパチュパしていた。

「奈乃羽ちゃんの1カ月バースデーです」

2月28日、東さんから手作りのカードを受け取った。この日を迎えるまで佑里子さんと敏哉さんは毎月のバースデーを祝ってもらえるとは予想もしていなかった。

ＮＩＣＵにはもちろん奈乃羽ちゃんだけではなく、数人の小さく生まれてきた赤ちゃんたちがそれぞれの保育器の中でがんばっている。数々の山を乗り越えて退院が決まり、喜びを分かち合う家族もいるけれど、みんながみんな順調に育っていくわけではない。我が子が遠いお空に旅立ち、深い悲しみに包まれてしまう家族もいるのだ。

看護師さんたちはほんの短い時間しか家族と触れ合えなかった小さな赤ちゃんたちもたくさん見守ってきた。だからこそ毎月の誕生日を祝ってあげようという取り組みはＮＩＣＵのある多くの病院で行われているそうだ。

誰が見ても多忙だとわかる日々の中で、ほんの少しの自由になる時間をも、赤ちゃんたちの毎月の誕生日を祝うために捧げる看護師さんたち。自宅に持ち帰って深夜まで作業をしたりする看護師さんたちもたくさんいる。

それは、小さく生まれてきた赤ちゃんが少しでも良くなるようにという願いと、そのお母さんお父さんを少しでも笑顔にしたい、喜んでもらいたいという一心からだ。

奈乃羽ちゃん
２０１８年２月27日、♡１カ月♡

身長26・５㎝、体重４５９g
頭囲19・１㎝、胸囲18・１㎝
１カ月おめでとうございます。４００グラムを超えて少しずつ大きくなってきて、ほっぺたもプックリしてきましたね。
母乳が好きで、いつもずっと綿棒を吸っている姿、本当に可愛いです♡
パパやママの面会中、奈乃羽ちゃん安心してる感じがします♡
奈乃羽ちゃんの成長、これからも一緒に見守っていきましょうね。

Ａ５サイズのそのカードにはメッセージの他にもたくさんの可愛い切り絵が貼り付けられている。

佑里子さんはカードを静かに胸に当て、少しの笑みと少しの涙をこぼした。

「このカード、退院するまで必ず毎月いただけるように、私たち夫婦もがんばります」

そばに来て祝ってくれる看護師さんたちにお礼の言葉を発した途端、感謝の気持ちが溢れ出て、少しの涙が大粒の洪水に変わっていった。

4

生後1カ月を過ぎた奈乃羽ちゃんの体重は、3月1日には500グラムを超えた。だが、むくみはまだ治まっておらず、顔や身体は膨れているのに、身長や手足が伸びるなどの成長は感じられなかった。

その後の面談では、血液中のアルブミンが減少しているため血液に水分を送る点滴をしているが、血管から水分が漏れているようで、それがむくみに繋がっていると伝えられた。

アルブミンは血液中の水分を一定に保つ働きをもつ、タンパク質の一種だ。そのほとんどが肝臓で産生されるので、アルブミンの減少は肝障害の判断基準となる。

そのため今後は母乳の中にいろいろな栄養剤を混ぜ合わせ、2・0ccを2時間かけて体内に運び、少しずつでも成長していくよう様子を見ることになった。

数日後、確かにむくみは治まってきたが、感染症になっていることが検査の結果でわかった。原因は不明だが、正常時の感染の数値は1以下であるのに、奈乃羽ちゃんは10まで上がっていた。大人では軽い風邪のような感染でも、免疫力のない赤ちゃんだと生死に関わる。

　便汁も多い状態が続いており、再び母乳の量を減らし、副作用が出るかもしれない栄養剤を増やした。奈乃羽ちゃんの顔色が悪くなり呼吸の数値も下がりだすと、ステロイド治療も試みた。

　ステロイドは副腎から作られる副腎皮質ホルモンのひとつで、薬として使用すると、身体の中の炎症を抑えたり身体の免疫力を抑制したりする作用がある。さまざまな疾患の治療に使われるが、副作用も多い。

　そのため抵抗力が弱く肝機能の数値も悪い奈乃羽ちゃんには、点滴を入れている箇所からの出血が止まらなかったりと、次から次へいろんなことが起きてくる。

　だけど佑里子さんは強い母になっていた——。


「手のかかる子ほど可愛いって言うでしょ」

　毎日の面会で奈乃羽と触れ合うたびにいろんなことを気づかされるし、たくさんの喜びも与えてもらっている、と続ける佑里子さん。

「奈乃羽は私の小指を力強く握れるようになったんです」

　そう振り返ったのは３月９日のことだった。

ウトウトしだした奈乃羽ちゃんの小さな手のひらに小指を入れてみると、力強く握られた。これまでの触れる程度の力とはまったく違う。

奈乃羽ちゃんの成長を指先で感じ、「私は奈乃羽にとって、世界でたったひとりの大切なママなんだ」と心の奥深くまで感動した。

そして、面会の合間に利用する搾乳室で今日も少ししか出ない母乳を絞り出す。我が子のがんばる姿を頭に浮かべ、抱っこして直接母乳を与えているのを想像し、搾乳中の痛みを和らげた。

「辛いんじゃない。幸せなんだ。最高の幸せをありがとう。奈乃羽」

佑里子さんはひとりつぶやいた。


最近できるようになった奈乃羽ちゃんのオムツ交換も母子の絆を感じさせてくれる瞬間だ。

これまでは看護師さんがやってくれていた。

生まれてすぐに腸の手術をした奈乃羽ちゃんには、便や尿の排泄経路を得るために消化器や尿路を人為的に体外に誘導するストーマという開放孔がつくられている。オムツ交換でそこに佑里子さんの手が当たってしまったりすることを懸念してのことだった。

でも毎日欠かすことなく奈乃羽ちゃんをあやす佑里子さんの様子を見ていた東さんが、

「もうそろそろ怪我をさせてしまうという怖さもなくなってきたんじゃないですか」

と声をかけてくれた。そしてその日から毎日、東さんに援助してもらいながら奈乃羽ちゃんのオムツ交換をさせてもらうようになった──。

「東さんと一緒に初めてオムツ交換をやらせてもらったときは、お母さん気分を味わいました」

控えめではあるが身振り手振りをつけて話す佑里子さんからは喜びが溢れ出ていた。

便汁が減っていて、ちゃんとした便が出ていても体重が増えていない日もあるが、佑里子さんは焦らず奈乃羽ちゃんを見守り続けた。

おかげで、３月初旬は10にまで上がっていた感染の数値も３月12日には２まで下がった。床ずれの傷を負った背中もかなり良くなったので、奈乃羽ちゃんのベッドはタオル生地のマットから、ＮＩＣＵで使用する赤ちゃんを覆う形のポジショニングマットに替わった。奈乃羽ちゃんは包み込まれて気持ちがいいのか、ぐっすりと眠っていた。

「奈乃羽のために、もっといろいろやってあげたいな」

そう言いながら佑里子さんはぷにゅぷにゅして柔らかい奈乃羽ちゃんの頬を、指先で優しくつんつんした。

6日後の3月18日。いつものように病室へ行くと、午前中に奈乃羽ちゃんの顔から血の気が引いて真っ青になり、心拍数が50ほどになっていたという報告を受けた。

新生児の正常時の心拍数は１４０前後で、乳児だと１２０ほど。だが奈乃羽ちゃんの通常時の心拍数は１１０前後でもともと低いうえ、それよりもさらに60も下がったことになる。

医師にステロイドの点滴や治療を施してもらってようやく状態は落ち着きを取り戻したが、保育器の中の奈乃羽ちゃんはぐったりとしていた。感染の数値はさらに下がっていたが血液中のアルブミンも減少していたので、母乳をいったんはやめてしばらく経過をみることになった。

心配でならなかった佑里子さんは、帰宅後もなかなか眠りにつけなかった。

その翌日には手足をバタバタさせて、お腹が空いているのか大泣きしていた。昨日と比べるととても元気になったように思えたが、１週間は絶食にして点滴だけで様子を見ると医師から伝えられたときには胸が痛んだ。

しかし、奈乃羽ちゃんはがんばった。自分のために、そしてママとパパのために。日に日に元気を取り戻し、１週間の絶食の予定が変更となり、３日後には母乳の受け入れが再開できるようになった。

「奈乃羽〜、すごいね。ママを安心させてくれてありがとう。パパも喜んでるよ〜。奈乃羽は家族の中で誰よりも強いね。たくましいよ。大好きだよ。奈乃羽」

佑里子さんは懸命に生きる小さな娘を褒めたたえた。


だが、その後も容赦なくたくさんの疾患が奈乃羽ちゃんの小さな身体に襲いかかった。母乳からの栄養をなかなか吸収できない奈乃羽ちゃんは高カロリーの点滴で身体を維持しているが、それだけではどうしても栄養が足りない。そのうえ、本来はまっすぐな血管のはずが波打つような血管になり、点滴の針をも通しづらくなっていた。

「今後、高カロリーの点滴の針が入らなくなると、これまでのように成長はできないと思います」

医師からの重い説明を聞いても、佑里子さんはただひたすらに祈るしかない。奈乃羽ちゃんがなんとか母乳を吸収して消化してくれるのを願うしかない。

「奈乃羽ちゃんの免疫力はかなり低いので、状態は徐々に悪くなっています。これからもなんらかのウイルスに感染したり、病気になったりする危険性が非常に高いので、奈乃羽ちゃんがすごくがんばってもがんばりきれないという限界の状態になるかもしれないことはわかっておいていただきたい」

医師は佑里子さんを真っ直ぐに見つめて言った。

それでも奈乃羽ちゃんの生命力を信じて、母はひたすらに我が子の看病を続けた。

毎日のさまざまな処置の際、奈乃羽ちゃんはかなりの痛みを感じているであろうが、必死に治療に耐えている。処置後に面会すると目をウルウルさせ、佑里子さんが視線を合わすとようやく緊張の糸がほどけたかのように大泣きする。声を響かすことはできないが、小さな瞳からこぼす涙で母に訴えかけている。

「奈乃羽、今日もよくがんばったね。いっぱいがんばったぶん、将来はたくさんの幸せが来るよ。ママはそう信じているからね」

佑里子さんは我が子を見つめて目を潤ませた。

自分を頼っている奈乃羽ちゃんを抱きしめてあげたい。でもそれはまださせてもらえない。

佑里子さんが指先で奈乃羽ちゃんのほっぺを優しくスリスリしていると、しばらくしたら奈乃羽ちゃんの涙も収まり、次第にウトウトして眠りについていった——。

「夕方頃に目を覚ますと、私の声を聞いた途端グズりだすので、奈乃羽の頭を手で支えて少し高くしてあげたら、すごく気持ち良さそうな表情を見せてくれるんです」

時間の経過すら忘れて、奈乃羽ちゃんを見守り続ける佑里子さん。奈乃羽ちゃんはそばにいてくれる母の愛を感じ、一生懸命に甘えている。

「頭を下ろすとまたグズりだすので奈乃羽の頭をずっと高くしてあげていたら、腕がだるくなってきました。でも奈乃羽の重さを感じられて、とても幸せでした」

そう言って、佑里子さんは柔らかな笑みを浮かべた。

５

誕生から３カ月近くが経ち、体重は８００グラムを超えた奈乃羽ちゃん。身長は30㎝ぐらいで、身体は５００mlのペットボトルに手足をつけたほどの大きさ。生まれてきたときと比べれば倍ほどに成長はしたが、肺や腸の疾患はなかなか良くなってはくれない。

奈乃羽ちゃんが処置を受けるたびに、佑里子さんと敏哉さんは我が子の生命の危機を感じた。奈乃羽ちゃんが腸閉塞で緊急手術になったその日のことが手記に綴られている。


４月24日。12時30分病院。奈乃羽の腸にガスがたまっていて、腸が2倍ぐらいになっていた。お腹が張って苦しそうだったので、十二指腸に入れている管からお腹にたまっている空気を抜こうとしたら緑色の液体が出てきたので、すぐにレントゲン室に移動した。

18時頃に奈乃羽は戻ってきたが、腸閉塞になっていて今からすぐに手術をしなければいけないと伝えられた。夫も駆けつけてくれたので、手術の説明を一緒に聞いた。

19時20分、奈乃羽を手術室に送ってから面談室で待っていたが、食事をする気分にもなれず、祈りながら待ち続けた。

23時10分、手術が終わったと呼びに来てくれた看護師さんと迎えに行ったら、外科の先生が奈乃羽と一緒に来て、出していた腸を切除してその先端箇所を繋ぎ合わせる手術に成功しましたよと言っていただいた。腸の長さも30㎝ほどは残っているので、落ち着いたら母乳の吸収もできるようになると思いますと聞いて、ホントに嬉しかった。奈乃羽と先生に心から感謝した。

午前0時30分頃にようやく奈乃羽と会えた。麻酔でまだ寝ていたけど、すごくがんばってくれたのが本当によくわかる寝顔だった。奈乃羽が生きてくれていることが、そして私たちが笑顔で家に帰れることが、どれほど幸せなことかと感じ、心から感謝しながら深夜1時頃に病院を出た。

奈乃羽を助けていただき、本当にありがとうございました。

―佑里子さんの手記より―

手術翌日の奈乃羽ちゃんはお腹の張りがまだ治まっておらず、麻酔が効いていることもありぐったりとしていた。未熟児網膜症にもなっていて、近々眼科医によるレーザー手術を予定していたが延期せざるを得なくなった。

未熟児網膜症とは網膜の血管の未熟性に起因する網膜疾患であり、長期的な視力低下や、重い場合は失明にも繋がる病気である。新生児における眼疾患として発症率は高い。奈乃羽ちゃんの場合は加えて、眼球の内側を裏打ちしている網膜が剝がれる網膜剝離になる可能性があることも、検査をした眼科医から告げられていた。

網膜はものを見た際に得られた情報を脳へと伝達する重要な役割を果たしているため、網膜剝離を発症すると著しく視力が障害を受け、こちらもまた最悪の場合は失明に陥る危険性がある。

手術を延期することで奈乃羽ちゃんの目の症状がさらに悪くなってしまう可能性は高まってしまうが、今の奈乃羽ちゃんの体力を考慮すると致し方ない判断であった。

一方で腸については医師が言っていたとおり、日が経つにつれて少しずつ回復に向かっていった。検査中に奈乃羽ちゃんが突然オシッコをしたので、エコーで写し出されていた水が消えたのを確認した医師が「大丈夫そうだね」とニッコリした。

娘の急なお漏らしに、佑里子さんも照れ笑いを浮かべた。

その後も尿や粘り気のある便が出るたびに佑里子さんは歓喜し、敏哉さんは拳を強く握って喜びを嚙みしめる。

　東さんも数日ぶりに排出した状態の良い便を見たときには嬉しくて、すぐに外科医に報告し、オムツを他の看護師仲間にも見せて回った。

　そしてようやく、5月1日に目のレーザー手術をすることになった。まだ生後95日目の奈乃羽ちゃんだが、すでにこれで4回目の手術だ。手術前の面会で声をかけると、奈乃羽ちゃんは目を開けてママの指をギュッと握った。

「しんどい思いばかりさせてごめんね。ママも祈っているからね。奈乃羽、がんばってね」

　指先から伝わるものがあったのか、いつも甘えん坊で泣いてばかりの奈乃羽ちゃんがこのときだけは涙を見せなかった。

　約2時間の手術だった。目の状態はすぐにはわからないので、これからの経過をみていくしかない。

　そして翌日にはまたも腸の検査。レーザー手術で目が腫れているのに、検査による痛みで大泣きしてさらに目がパンパンになった奈乃羽ちゃんを、佑里子さんは優しくあやすように頭を少し持ち上げ、スヤスヤと眠りにつくまで見守った。

　そのうち、保育器の中が暑いらしく、体温が上がってしまって寝苦しい仕草をすることも多くなった。それは体調に異変があるのではなく、奈乃羽ちゃんが自らで体温調節ができているからではないかと東さんが医師に相談した結果、保育器を卒業することになった。

そして、赤ちゃんの体温に応じて上から熱を当てられるベッドであるインファントウォーマー（開放型保育器）に移った。

さらに小さな口から挿管していた呼吸器も、管を通さない鼻の前に取り付けたチューブからのものに替わったので、奈乃羽ちゃんは少し楽そうな表情で眠るようになった。

このときには生後１００日を迎え、体重も１０００グラムを超えた。集まってくれた看護師さんたちからは奈乃羽ちゃんの写真がプリントされたお祝いの１００日プレートをもらい、ベッドに飾った。

プレートの中の奈乃羽ちゃんはカメラ目線で、枕もとには割り箸、そして１００日を形どった切り絵やスプーンやフォークが写っている。生後１００日のお食い初めをイメージしたプレゼントである。

生まれたときの写真と比べるとずいぶん大きくなった。これまでいくつもの難関はあったが、それを乗り越えてくれている奈乃羽ちゃんの成長に、佑里子さんは涙が出るほど嬉しかった。

しかし眼科医との面談で、目の経過があまりよくないことを告げられた。大学病院に転院して専門の医師に診てもらい、今後の治療方法を決めたほうがいいのでは、と提案され、急遽翌日の昼に転院することが決まった。

にもかかわらず翌朝に病院から電話があり、お腹の傷口から膿《うみ》と腸液が出てきているので今の状態では転院できないとの知らせを受けた。

お腹の傷のガーゼを替える痛みで大泣きする奈乃羽ちゃん。佑里子さんはポジショニングマットごと奈乃羽ちゃんを抱きかかえ、痛みが治まるまであやし続けた。ようやく奈乃羽ちゃんが眠りにつくと、爪を切ったり耳かきをしてあげたりして我が子に母の愛を伝えた。

そして5月15日、ポジショニングマット越しではなく初めて我が子を直接抱っこすることができたときは喜びが込み上げた。

これまで直接の抱っこは体温が高くなるうえ、小さすぎる奈乃羽ちゃんの安定が悪くなれば呼吸が乱れてしまうかもしれないと、佑里子さんは怖くてできなかった。だが体温調節もある程度自らできるようになり、点滴の数も少なくなっていたので、東さんに勧めてもらったのだ。

最初はやはり小さすぎて、腕を奈乃羽ちゃんのお腹にピタリとつけておかないと腕の隙間から落ちてしまうような気がして緊張した。でも我が子の熱い体温を直に感じられる、とても幸せな時間であった。

また、病院指定の産着《うぶぎ》を着用することも義務づけられていたが、奈乃羽ちゃんのような長期入院の赤ちゃんになにかしてあげたいという親心を病院側が考慮して、自前の産着でもいいという許可も出してもらえた。

そこで佑里子さんは、病院のブカブカな産着ではなく、奈乃羽ちゃんの身体のサイズに合うものを手作りすることにした。

東さんから産着の型紙をもらい、その足で生地を買いに行く。可愛いイチゴ柄の生地があったのでそれを購入し、帰宅してから早速産着作りに取りかかった。

20年ぶりに使うミシンの使い方がわからず、従姉妹の絢子さんに電話で教えてもらいながら縫う。搾乳をしている間は裏縫いのやり方をネット検索し、再び慣れない作業に戻った。

「おい、そろそろ寝たらどうや?」

寝不足を心配する敏哉さんの言葉にも耳を傾けず、佑里子さんは黙々とミシンで針を通し続ける。その産着の胸もとには、切り取ったアップリケで「なのは」とアイロンでつけた。母としてなにかできているという胸いっぱいの幸せを身体の隅々にまで広げて今日一日の活力とした。

ようやく可愛い産着を仕上げた頃には、カーテンの隙間から眩しい朝陽が差し込んでいた――。

「ずっとずっとずっとずーーっと、奈乃羽のそばにいたいんです。もしも面会が24時間可能であるならば、私は奈乃羽のそばで毎日仮眠をとるだけの生活をしてもいいんです。私に自由なんていらないんです。自由になる時間はすべて奈乃羽に捧げたい……奈乃羽と代わってあげたい……」

佑里子さんは目を閉じ、こぼれ落ちそうになる涙を瞳の奥でぐっとこらえて言葉を詰まらせた。その肩はかすかに震えていた。

奈乃羽ちゃんが網膜剝離の手術を受けるため転院したのは5月22日だった。東さんも一緒に救急車に乗り込み、入院していた総合病院からはかなり遠方となる大学病院まで付き添ってくれた。

病院での奈乃羽ちゃんは自分でしっかり呼吸ができなくても、機械で圧をかけて酸素を肺に送り込めるが、救急車内にはその機械が常備されていない。持ち込むこともできないので、鼻からのチューブで濃度の高い酸素を送り続ける状態での移動になる。

そんな奈乃羽ちゃんの呼吸が乱れぬよう優しく声をかけながらケアしてくれる東さんの存在が佑里子さんにはとても心強かった。奈乃羽ちゃんもその期待に応えてか、移動中の呼吸は安定を保っていた。

大学病院の眼科医に検査結果を聞くと、奈乃羽ちゃんの目の状態はかなり悪いようで、手術でちゃんと目が見えるようになるかは断定できないとのこと。

心配でならない佑里子さんだが、時間の許す限り奈乃羽ちゃんのそばにいて、不安にならないよう声をかけ続けた。奈乃羽ちゃんはいつもと環境が違っていることがわかったのか、キョロキョロと落ち着かなかった。

「奈乃羽はこんなに周りを見ることができているんだから、絶対に大丈夫！」

佑里子さんは自分自身に言い聞かせた。

５月24日の早朝、佑里子さんと敏哉さんは大学病院へ向かい、手術前の奈乃羽ちゃんに面会した。耳もとで話しかけても奈乃羽ちゃんはグズるばかりで、なかなか目を開けてくれない。それでも手術室に入る直前にようやく目を開け、ママとパパを確認するかのようにふたりを交互に見てくれた――。

「手術前には必ず奈乃羽は目を開けてくれるんです。でもその日の奈乃羽はすごくしんどそうにしていて。ずっと泣いていたので、ホントに申し訳なくてかわいそうでした」

と佑里子さんは振り返る。

今できる手術としては成功したものの、網膜剥離になる可能性がなくなったわけではないと医師から伝えられたが、ひとまずは手術が成功して本当に良かったと夫婦で手を取り合った。

数日後には総合病院へ戻ったが、6月に入ってすぐ、また異変が起きた。これまで使用していた鼻からの呼吸器では奈乃羽ちゃんは疲れてしまうのか、呼吸の数値も安定しない日が続き、無理をさせないためにマスク型の呼吸器に替わる。そのうえ、感染の数値もまた上がってきていた。

原因は、ミルクを始めたことだと推測された。大腸の入り口に近いところの小腸がミルクを消化できず炎症を起こして膨張してしまい、検査のために入れていた造影剤がそこに溜まって便として出てこないせいかもしれないとのことだった。

できれば手術をしてどうなっているのかを確認したいのだが、その周りの腸が癒着してしまっているので、無理に手術をすると腸が破れて命に関わる危険性があるためできない。そのため奈乃羽ちゃんは、また絶食を余儀なくされた。

担当医師との面談では、

「今まで高カロリーの点滴で大きくなっているので肝臓が肥大しており、このままミルクをあげられない状態が続くと肺が圧迫され、心臓が停止してしまうこともあるということを理解してください」

との説明を受けた。その言葉に、佑里子さんと敏哉さんは愕然として肩を落とした。

それでも奈乃羽ちゃんと接するときは笑顔を絶やさない佑里子さん。敏哉さんも多忙な中、たとえほんの少しの時間でもＮＩＣＵにいる奈乃羽ちゃんに会いに行った。

「夫が奈乃羽を抱っこしてユラユラしてあげると、気持ち良さそうにウトウトするんです」

パパである敏哉さんに抱かれているときの奈乃羽ちゃんは不思議なくらいに呼吸も安定して、落ち着いた寝顔を見せてくれる。

その寝顔を見て敏哉さんもまた安堵に浸った。

「パパが来たからもう大丈夫やで〜。しんどいのがどこか遠くに飛んでいくからな〜」

パパは愛する我が子に話しかける。奈乃羽ちゃんは口もとをチュパチュパさせながら手を挙げた。

「パパはどんなときでも奈乃羽のヒーローになってあげるからな」

敏哉さんは我が子を優しく抱きしめた。

６月18日の外頸静脈にカテーテルを入れた手術後、突然心拍数がかなり下がって奈乃羽ちゃんの顔が土色になってきたときも、慌てて駆けつけた敏哉さんがずっと声をかけ続けていたら奈乃羽ちゃんの顔色が戻った。

『この人はこの子の救世主である』と思い続けて祈っていたあの日のことを、佑里子さんはふと思い出した。

まだまだ小さな身体で精いっぱいの体力を振り絞り、数多の疾患と懸命に闘っている奈乃羽ちゃんと、それを懸命に支え続けるすべての人たちの尽力もあり、奈乃羽ちゃんはミルクを再開できるようになった。

今日もほんのわずかな仕事の合間を利用して、敏哉さんは総合病院のＮＩＣＵに足を運ぶ。我が子の耳もとで声をかけるために。我が子の頭をナデナデするために。我が子のすべてを抱きしめるために。

たった数分しか奈乃羽ちゃんと一緒にいられない日もあるけれど、奈乃羽ちゃんには母の深い愛に続く、父の深い愛も伝わっているに違いない。

奈乃羽ちゃんはいくら大泣きしているときであっても、パパである敏哉さんの声を聞くと、そちらに顔を向けて次第に涙は収まっていく。

「いつも忙しく仕事しているパパには、これ以上心配させないようにしていたのかな？」

佑里子さんは微笑んだ。

6

この頃の奈乃羽ちゃんは大泣きも少なく眠っていることが多かった。奈乃羽ちゃんは肺疾患のステロイド治療もしているが、泣いて暴れると血管が縮んで肺に酸素が送れない状態に陥ってしまう。そのため眠りを誘う薬を投与して呼吸を落ち着かせていた。

またいろんな薬を投与している影響で、髪の毛は生えなくなってしまっていた。

お腹もパンパンに膨れ上がり、これまでと比べると2倍ぐらいの大きさになっていた奈乃羽ちゃんは、膨れ上がったお腹が苦しいのか常にお腹を反らして寝苦しそうにしている。

睡眠中でも呼吸が乱れ、みるみるうちに顔色が悪くなることも頻繁に起こっていた。

そんな状態ではあるが、もう一度目の手術をしなければならず、6月26日に再び大学病院へ転院することになった。

奈乃羽ちゃんは両目ともかなり悪く、特に右目からはドロッとした出血があり、もし網膜がその中に張り出して剝離していたらもう治しようがないことを眼科医との面談で告げられた。

「どうか奈乃羽を助けてください。奈乃羽が失明したら……本当に、本当に……申し訳ない……」

深く深く頭を下げ続ける。奈乃羽ちゃんのために強い母でいようと気を張り続けていた佑里子さんの涙が面談室の床を濡らした。

この日から佑里子さんはしばらくの間、奈乃羽ちゃんの看病のため大学病院近くの小さなアパートを借り、夫婦別居で暮らすことにした。転院前に敏哉さんと相談し、前もってアパートの契約は済ませてあった。

小型の冷蔵庫とテーブル、そして炊飯器しか用意していない殺風景すぎる部屋ではあるが、小さな娘にいつでも会いに行ける距離にいると思うだけで、佑里子さんの気持ちは落ち着いた。

発熱する我が子をいつもそばで見守り、膨れ上がっている我が子のお腹を撫でる。血の混ざった我が子の鼻水を拭き取り、心拍や呼吸が不安定な我が子が少しでも良くなるよう母は祈った。

転院時より肺の状態も呼吸も安定していた奈乃羽ちゃんは、7月4日に目の手術を予定していた。しかし麻酔科の医師に、やっと良くなりだしたときに麻酔をするのは肺の状態を再び悪くさせ呼吸器がもう取れなくなってしまうかもしれず、リスクが高すぎると告げられた。

そのことを眼科の医師にも相談し、手術は1週間延期することになった。

翌日には粘っこい鼻水も治まり、転院前から出ていた血の混じった痰もサラサラになっていた。抗生剤の点滴も1種類に減った。眠りを誘う薬も毎日決まった時間に投与していたが、呼吸が安定してきたおかげで明日からは奈乃羽ちゃんが眠れなさそうなときにだけ投与することになった。

7月10日。この日は延期していた目の手術をする日だった。病院に行って奈乃羽に会うと、ずっと落ち着かなくて泣いていて、呼吸も乱れてしまっていた。手術が本当に嫌なんだと思う。

9時半に手術室に送っていったときも、奈乃羽はずっと泣いていてすごくかわいそうだった。いつも手術前には必ず目を開けて私を見てくれていたのに、このときは目を開けてくれなかった。

手術開始から2時間が経過した頃、電話がかかってきて手術室に呼ばれた。奈乃羽の両目ともかなり悪くなっていて、手術を最後までできる状態ではなく、残念ですがもうなにも見ることはできないと伝えられた。心配をしながらも、どこかで絶対大丈夫だと思い込んでいた私は最低だ。奈乃羽にしんどい思いをさせたうえに、もういろいろなものを見せてあげることもできない。

奈乃羽、ごめんなさい。

本当に本当にごめんなさい。

でも私は諦めきれない。なにか治療法が見つかるまで私はがんばる。いつか再び奈乃羽に光を見せてあげられるようママはがんばるから。全然足りないママで、本当に本当にごめんなさい。奈乃羽になにがあろうとママは奈乃羽を守るからね。
奈乃羽、大好きです。いつもそばにいるからね。

―佑里子さんの手記より―

長期の入院になってくると、他の赤ちゃんのママたちとの交流も生まれる。佑里子さんは総合病院のＮＩＣＵで赤ちゃんを看病している同じ境遇のママ友たちとグループＬＩＮＥを作っていた。そこで、奈乃羽ちゃんの目のことを伝えた。

「奈乃羽の目、ダメだった。エールを送ってくれていたみなさん、ありがとう。そしてごめんなさい。とても辛い報告になってしまうけど、東さんにもお伝えください。よろしくお願いします」

その報告を受けた東さんは肩を震わせながら涙を流し続けた――。

「これまでの私のケアがダメだったのか……。そう思ってしまい、申し訳ない気持ちでいっぱいでした……。なのちゃんに愛情深く接していたママとパパの姿をもっと見せてあげたかった……。ずっとずっと見せてあげたかった……」

そう言葉を詰まらせる東さんの背中を、佑里子さんがゆっくりとさすった。

佑里子さんは奈乃羽ちゃんの小さな身体をトントンしながら奇跡でも起きてくれないかと願うが、どうしてあげることもできない。だから時間の許す限り奈乃羽ちゃんのそばにいて声をかけ続けた。オムツを替えたり、母乳を含ませた綿棒で口の中を湿らせたりしながら奈乃羽ちゃんの顔を静かに見つめる。

手術後の数日間はずっとまぶたを閉じている我が子。ときどき泣きだして涙をこぼすが、その目はもう光を感じていない。心が苦しすぎて突然涙腺を崩壊させつつも、佑里子さんは決して弱音は吐かないで希望を持とうとした。

ひとりきりのアパートでの深夜、目についていろいろ調べていると人工眼プロジェクトについての記事を見つけた。

失明した人に人工の眼を移植することで視力を回復させることができるかもしれないとのことだった。そのアイデアを実現させるため、世界各国で研究開発が行われていると綴られている。

その記事を何度も繰り返し熟読した佑里子さんに少し希望の光が見えた気がした。

朝を迎える頃には気持ちが落ち着いていた。そして穏やかな心のまま、奈乃羽ちゃんに会いに行く。しかし目を閉じて静かに眠る我が子を見ていると、再び激しい不安に苛まれる。

「目が見えなくたって僕たち夫婦にとっては大切な娘。これからは一つひとつ丁寧にいろいろなことを教えていってあげないといけないね。僕たちのそばで奈乃羽はずっとずっとがんばってくれている。だから喜びいっぱいで、可愛い奈乃羽を守り続けよう」

佑里子さんの肩に手をおいて力強く言った敏哉さんだが、その目は潤んでいた。

約20日間お世話になった大学病院から総合病院に戻ってくると、LINEグループのメンバーである真紀《まき》さんが奈乃羽ちゃんをずっと待ってくれていた。

真紀さんには、2月22日に超低出生体重児で生まれてきた果穂《かほ》ちゃんと真一《しんいち》くんという双子がいる。

出生時、真一くんは585グラム、果穂ちゃんは550グラムであったが、もうすぐ生後5カ月になるふたりは、それぞれ4025グラムと2524グラムにまで成長していた。

「奈乃羽と果穂ちゃん、真一くんは戦友だね」

搾乳室で会うたび、そんなふうにお互いの気持ちを共有し、決して弱音を吐かずに励まし合った。同じような悩みを持つママ友と話をすると、そのときだけでも前向きになれるのだ。そのうち、いつしか家族ぐるみのお付き合いになっていた。

グループLINEでは伝えていたが、改めて我が子の目の経過を真紀さんに伝えた途端、こらえていた涙が溢れ出てしまった。

「ごめんなさい……。果穂ちゃんと真ちゃんのこともあるのに、不安な気持ちにさせちゃって……」

「ううん。いいの。思いっきり泣いて。少しでも気持ちがスッキリするまで泣いてくれていいのよ。私たちは家族みたいなもんなんだから」

真紀さんはずっと佑里子さんの両腕を優しく撫で続けた。

「……ありがとう。私、前向きになるね。私がダメになると、奈乃羽もダメになっちゃうような気がするから……がんばるね」

涙ながらに宣言する佑里子さんを真紀さんは抱きしめて、その背中をポンポンと叩いた。

「そうだよ！　その調子だよ！　お互いにがんばろうね！」

力強く励ます真紀さんだが、こぼれ出る涙と共に肩は小刻みに震えていた。

その日の夜、仕事を終えてやってきた敏哉さんはプリザーブドフラワーを持っていた。

「奈乃羽～。今日はママとパパが入籍した日ですよ～～」

我が子を見るなり敏哉さんは気丈に振る舞いながら話しかける。７月17日はふたりの結婚記念日だった。

妻の佑里子さんには言わないが、敏哉さんもひとりきりの自宅で声が枯れるほど、そ

して涙が干上がるほど大泣きした日もあった。また神社仏閣やお地蔵さんを見かけるたびに、

「今まで僕、頼みごとなんてしたことないですよね。だから今回だけ頼みます。なにも望みませんから退院だけさせてください」

と愛する我が子のために手を合わせてもいた。

そして少しずつ前向きな心を取り戻して今、奈乃羽ちゃんに笑顔を向けている。

プリザーブドフラワーをベッドに置いて、3人で記念写真を撮った。その写真には家族水入らずの幸せが溢れていた——。

「これが最後と決めた体外受精で奈乃羽を授かっていなかったら、私たちは夫婦をやめて、それぞれの道を歩み始めていたかもしれません。奈乃羽が家族をひとつにしてくれたんです。奈乃羽、ありがとう」

佑里子さんもまた改めて前向きな心を取り戻していった。

少しずつだが大きくなっていく奈乃羽ちゃんの身体のサイズに合わせた服を、佑里子さんは時間の経過も忘れて作り続けた。苦手だった裁縫もずいぶんと上達してきた。

敏哉さんもどこかの100円ショップで見つけてきたステッキを奈乃羽ちゃんの腕の

中に入れて、そのステッキを抱きながらスヤスヤと眠っている写真を何枚も何枚もカメラに収めた。

「奈乃羽〜、これは魔法の棒だよ〜。いつか魔法が効いて必ず元気になれる日が来るからね〜」

いつしかそのステッキは敏哉さんだけではなく、ＮＩＣＵに出入りするすべての看護師さんたちまでもが「魔法のステッキ」と呼ぶようになっていた。

「今日も魔法のステッキを抱いているね。なのちゃん、きっと良くなるよ」

東さんもこれまで以上にたくさん奈乃羽ちゃんに話しかけた。とにかくいっぱい触れて、たくさん声をかければ他の感覚が研ぎ澄まされていくということを、佑里子さんと共に実践し続けた。

「なのちゃ〜ん、オムツ替えようね〜」

「奈乃羽〜、身体の向き変えるね〜」

奈乃羽ちゃんは、ママと東さんの声を聞いて安心した表情を浮かべていた。

７月27日は、奈乃羽ちゃんのハーフバースデー。その前日の深夜から、佑里子さんは生後６カ月を迎える奈乃羽ちゃんに着せてあげる産着を手縫いしながら朝を迎えた。

新生児用の白い服を奈乃羽ちゃんの身体のサイズに合わせてカットし、レースとリボンをつける。そしてまた胸もとには「なのは」とアップリケで名前を入れた。

この日の奈乃羽ちゃんは呼吸状態がとても悪く身体を少し動かすのも大変だったので、それを着せてあげることができなかった。だから奈乃羽ちゃんの身体の上にふんわり掛けて、写真だけを撮った。

「奈乃羽～、寝顔も可愛いし、服もよく似合ってるよ～」

佑里子さんは掛けた服の上からずっとトントンし続けた。

東さんから手渡された6枚目のバースデーカードは、これまでのようなカードと趣向が違った。今回は、かなり時間をかけて作成してくれたであろう手の凝った豪勢なアルバムになっていた。

☆たいじゅう、1706グラム
☆しんちょう、35・0㎝
☆あたま、26・3㎝
☆むね、26・5㎝

♡**なのはちゃんへ**♡
1／2バースデーおめでとう♡

何度も何度も高いカベを乗りこえて、なのはちゃんは本当に強いね！　大変な治療が多いけど、ママもパパも私たちもついているよ！　マイペースにがんばっていこう♡

♡あっというまに６カ月がたったね。
なのはちゃんのぷっくりほっぺにいつもいやされてるよ♡
なのはちゃん大スキ♡
どんどん成長していくのたのしみ♡

♡なのはちゃん、おめでとう♡
いつも笑顔をもらっているよ！
すごくがんばっていることも知ってるよ！
これからもママやパパの愛情をうけて大きくなってね♡

ＮＩＣＵの看護師さん一人ひとりが、たくさんの色を使って可愛く手書きしてくれている。

この病院ではそれぞれの赤ちゃんのバースデーカードに格差が出ないよう、Ａ５サイズのカードを使用するという規定がある。だが、奈乃羽ちゃんのように長くＮＩＣＵにいて、これからも数多の疾患と闘い続ける赤ちゃんには、がんばってほしいとの願いも込めて特別ルールが適用されることもあるのだ。
東さんからのメッセージも、ハート型に切り取ったピンクの紙の中に書かれていた。

♡なのはちゃん、ハーフバースデーおめでとう！
この６カ月、本当にたくさん大変なことをがんばって乗りこえてきたね。ママとパパの優しくて大きな愛に包まれて、なのはちゃんは本当に幸せだね。
なのはちゃんが少しずつ大きくなって、いろんな表情やしぐさが見れて、毎日癒されてます。髪の毛もまた生えてきて、ますます可愛いです♡
なのはちゃんが毎日がんばっている姿を見て、私自身もいろいろと学ばせてもらってます。ありがとうね♡
これからもなのはちゃん、ママ、パパの力になれるようにがんばります！　なのはちゃんのペースで一緒にがんばろうね♡
東より

そのメッセージの一つひとつが家族３人の宝物。

そしてその豪勢なハーフバースデーアルバムの裏には、

♡♡♡なのはちゃんの好きなもの♡♡♡

と書かれ、すぐ下には家族３人の写真が貼られていた。

佑里子さんは東さんの胸に顔を埋め、喜びに満ち溢れた涙を流した。

「ありがとうございます。ありがとうございます。ありがとうございます。ありがとうございます」

何度も何度も感謝の言葉を繰り返した――。

第２章
それぞれの家族

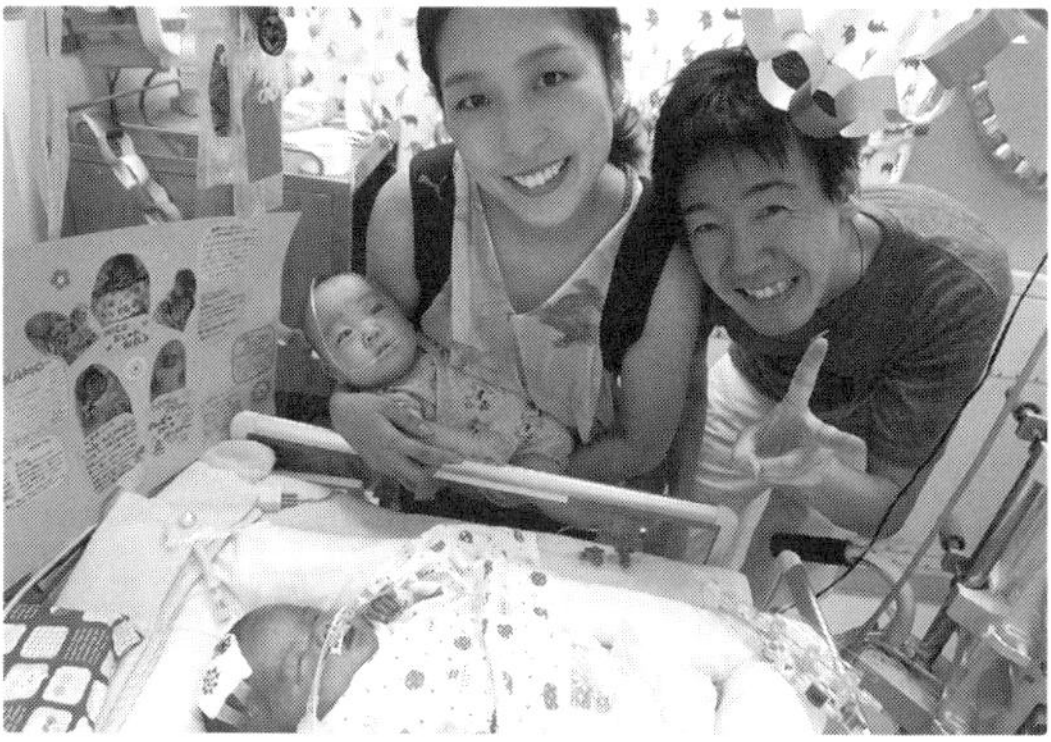

双子で生まれた果穂ちゃんと真一くん家族

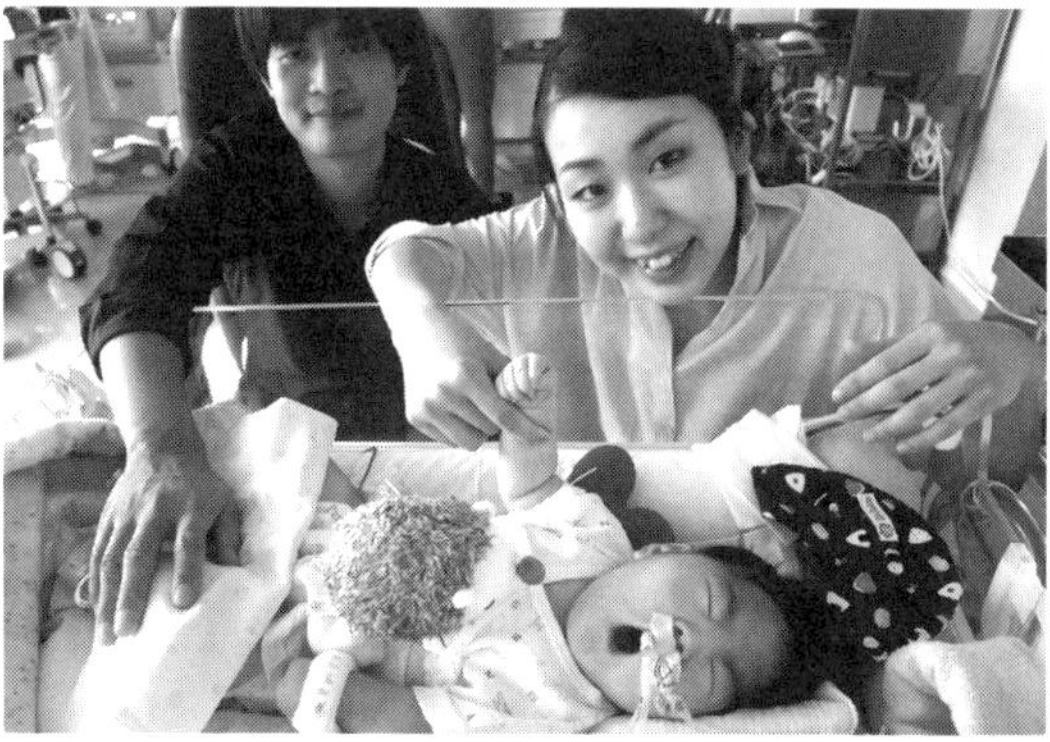

遥くんとお母さんお父さん

7

この年の近畿地方の梅雨明けは7月中旬だった。その頃に僕は佑里子さんと敏哉さんから小さく生まれてきた赤ちゃんのことを知らされ、とても大きな衝撃を受けた。

あれから少し僕自身の呼吸を整えて2週間ほど経った7月29日の夜、ふたりの自宅マンションにお邪魔して、本格的に取材していく予定にしていた。このとき、佑里子さんはまだ病院から帰ってきておらず不在だった。

部屋に入ると、敏哉さんが奈乃羽ちゃんの写真や家族揃ってのスリーショット写真を何枚か持ってきて見せてくれた。

「これが奈乃羽の1カ月バースデーで、これが生後100日で、これがハーフバースデーで……」

敏哉さんはその一つひとつを嬉しそうに説明し始めた。もうすっかりお父さんの顔になっている。

部屋の片隅にある棚には、佑里子さんが手作りしたのであろう、とても小さな産着が並んでいた。幼児用のウエットティッシュ、まだまだ小さい奈乃羽ちゃんには大きすぎるオムツ、そしてカーテンの隙間から見えるベランダにはベビーカー。我が子への愛が伝わってくる空間だった。

それらがいつ使えるのか、またいつ退院できるのかさえわからないが、ふたりは家族で幸せに暮らす日を夢見ている。

「近いうちに超高級な三輪車も買おうかな～って思っているんです。あと、いかにもお嬢様っていうドレスも。妻には『気が早すぎるよ～！』とバカにされたりしますけど」

敏哉さんは照れくさそうに言葉を続けた。

「よく親バカって言ったりしますが、親バカになりたいんですよね～」

本心なのか、それとも僕が重い気持ちにならないよう気遣ってくれているのか、柔らかな笑みを向けてくれた。

「歳いってできた子どもは特に可愛いって聞かされたこともありますけど、その意味が今はすごくわかります」

そう言って敏哉さんは写真の中の我が子にも笑顔を送った。

「遅くなってすみませんでした～」

佑里子さんが帰宅した。とても愛想よく僕の目の前にアイスコーヒーを差し出してくれる。

無理に明るく振る舞おうとしている気もしたが、その後も笑顔を崩さない佑里子さんと敏哉さん。なので僕は、いろいろと大変なこともあるだろうけど奈乃羽ちゃんは順調に成長しているものだと疑わなかった。

「このキッチンテーブルに手をついて立ち上がろうとしたとき、下腹部に違和感が走って破水して……」

僕が録音ボタンを押したボイスレコーダーの前で、佑里子さんは順を追って語り始めた。

2週間ほど前に初めて聞いたときよりも話は整理されていて、僕が質問を大して投げかけなくても、これまでの経緯を知ることができた。

2時間ほど話を聞き、いったんブレイクを入れる。そして佑里子さんが2杯目のアイスコーヒーを運んできてくれたときにとても小さな声でつぶやいた言葉が、僕の心を激しく揺さぶった。

「実は、奈乃羽の目、もう光を感じることができなくなってしまったんです」

……絶句した。奈乃羽ちゃんはこれから数多の疾患と闘い続けながらも、その先は明るい未来が待っているという話の続きを想像し、期待していた。

「いつ、そうなったんですか……?」

「7月10日です……。転院して手術をしてもらいましたが、奈乃羽は手術を最後までできる状態ではなく、もうなにも見ることはできないと伝えられました……」

ということは、２週間ほど前に初めて話を聞いたときには、すでに我が子の目は失明していたわけだ。その事実を知り、あのときと同様に僕はなにも言葉を返すことができなくなった。

慰めの言葉も励ましの言葉も、そのすべてが薄っぺらく届いてしまうと感じ、目の前に再び腰掛けた佑里子さんの心にはなにひとつ当てはまらないような気がした。

「初めて奈乃羽のことを伝えたあの日、目のことを伝えなかったのは、あまりにもこれまでにいろいろありすぎて……。これ以上お話しするのが気が引けたというか。そしてなんだか私も悲しい気持ちになってしまって、その事実を伝えたら涙が止まらなくなると思ったので控えてしまいました。詳しくはこれを読んでいただければ……」

佑里子さんはこれまで書き続けていた手記を僕に手渡してくれた。

ここまでのインタビューの中の奈乃羽ちゃんはまだ生まれて数日しか経っていない。ドラマや映画のクライマックスのように誰もがスッキリする展開になるであろうと脳裏で思い描いていた自分が軽率に感じられてならない。

現実とはこんなにも残酷なものなのだろうか。

でもそれを乗り越えようとしている小さな赤ちゃん、そして家族。

インタビューの中で時折出てきた佑里子さんの言葉を用いて、ようやく僕はとても小さな声で言葉を届けることができた。

「必ずいつかひとつ屋根の下で、家族が暮らせますよ」

声を張れば僕自身も涙が止まらなくなる気がしていた。

「はい。そうなるように絶対に家族で乗り越えます！」

佑里子さんは力強い目をして、言い切った。

「明日もまた奈乃羽に会えるのが楽しみでならないんです」

壁に貼っている奈乃羽ちゃんの写真に目をやりながら、佑里子さんは言葉を続けた。

「奈乃羽の目はもう光を感じていないので、奈乃羽の身体に突然触れたらビックリして心拍が上がってしまうんです。だからいつも奈乃羽〜、奈乃羽〜と声をかけながらコミュニケーションをとるんです。私の声を聞いて安心した表情をする奈乃羽がね、と〜っても可愛いんです。私たち、幸せです」

佑里子さんは笑顔だった。敏哉さんも微笑みを浮かべる。

でも僕は、作り笑いすら浮かべることもできないほど弱い大人だった。

命とはなんなのか。自分自身の幸せとはなんなのか。家族の幸せとはなんなのか。佑里子さんと敏哉さんの表情から感じ取れる、ふたりの心の奥底からじんわりと湧き上がってくる真の幸せとはいったいなんなのか。

僕はまたなにも言葉を返せないままの状態になった。これまでただなんとなく生きてきた自らの人生を振り返り、この短い時間の中でとても深く考えさせられた。

今まで静かだった敏哉さんが、煙草の火を消しながら喋りだした。

「この前、ニュースになっていた両親が子どもを虐待死させた事件、ああいうの絶対に許せないし、その子どものことを思うとね……もう言葉にならないくらいに辛くて、心が痛むんです」

それは２０１８年の３月に５歳の女の子が死亡した事件のことだった。すでに傷害罪で起訴されている父親を、６月に保護責任者遺棄致死の疑いで再逮捕し、母親も同容疑で新たに逮捕され、世間に大きな衝撃を与えた。

僕もあのニュースを知ったときには怒りで全身が震えた。

「自分らの人生がうまくいけへんからって、子どもに当たるなや！　最低やの！　このボケがっ！」

ニュースを報じるテレビに向かって感情のままに低レベルな罵声《ばせい》を浴びせ、眉間《みけん》にシワを寄せながらいつまでもその怒りをぶちまけていたが、一向に収まらなかったのを覚えている。

連日流れていたその報道では、十分な食事を与えずに栄養失調状態に陥らせ、その後も嘔吐するなどしたにもかかわらず放置。そして低栄養状態などで起きた肺炎による敗血症で死亡したと伝えていた。

女の子の体重は同年代の平均の約20キロをかなり下回る12・2キロ。部屋からは「もっとあしたはできるようにするからもうおねがいゆるして」などと、その女の子が書いたノートが見つかった。毎朝4時頃に起床し、平仮名の練習をさせられていたという。

これは教育ではない。凄惨なイジメであり、激しい虐待以外の何物でもない。

もちろん虐待事件はこれだけではなく、頻繁に報道されている。

そういった親は自分に自信がないから、余裕がないから、自分より弱い子どもを虐待するのだろうか。それとも、もともと人間としての資質が欠けているのだろうか。

だからといって、自分自身を擁護するための親の言い訳なんて聞きたくもない。

僕にも3人の娘がいる。もうみんな大人になっているが、ずっと可愛いし、ずっと大切に思っている。久しぶりに会うと、頭を撫でたり抱きしめたりもする。娘たちには少々嫌がられるが、父からの下手くそすぎる愛情表現は感じ取ってくれている。

僕は成功者でもなんでもない。それどころか売れっ子芸人もたくさんいるこの業界の人たちから見れば、社会的弱者に当てはまるのかもしれない。自信がないときだってあるし、余裕のないときだってある。でも、どんなときでも娘たちが愛おしい。

それは敏哉さんも同じ気持ちだった。我が子が小さく生まれてこようが、身体に手術の跡が残ろうが、目から光を感じることができなくなろうが、ずっと可愛い。永遠に大切な娘であると言葉にしていた。

僕と敏哉さんは熱くなっていつまでもその件について語り合った。そのうちに、いつの間にか日付が変わっていた。

敏哉さんはベランダに出て、ベビーカーのハンドルを握りながら言った。

「なぜ、奈乃羽のことを本にしたいと思ったのかと言うと、世の中で起きる子どもへの虐待や殺人をひとつでもなくしたいからなんです。赤ちゃんが十月十日《とつきとおか》で五体満足に生まれてくる奇跡を大事にして、未来しかない子どもたちを守りたいんです」

ベビーカーをゆらゆらさせながら、敏哉さんはそこに座る奈乃羽ちゃんを思い描いてあやし続けた。

そして帰宅してからの僕は、佑里子さんから預かった手記を昨日の日付である最後まで読み続けた。窓の外はもう朝を迎えていた。

8

灼熱の太陽が日本全域を覆う8月。佑里子さんは首筋から吹き出る汗を拭いながら、新生児室に向かう入り口そばのロッカー前で、ママ友の真紀さんと話をしていた。すると、ひとりの若い女性が顔をふせて泣いているのが目に止まった。

　ここでは毎日多くの母親たちと顔を合わせるが、その日によってそれぞれの心理状態にも違いがある。そのため頻繁に出入りしている母親同士でもデリケートになり、なかなか声をかけられず会釈程度の挨拶ですますことがほとんどだった。

だが佑里子さんは少し気になってその女性に声をかけてみた。

「どうしたのですか?」

　柔らかな口調で聞いてみると、その女性は小さな声でつぶやいた。

「遥《はる》という生まれてまだ1カ月を過ぎたばかりの男の子がいるのですが……」

　梨紗《りさ》さんという若い母親は佑里子さんの目を見つめてゆっくりと話し始めた。

　話によると、梨紗さんは面談で医師から「今の状態ではもう遥くんの回復は見込めません」との通告を受けたばかりだった。

　遥くんの小脳はなんらかの原因で小さくなってしまっていて、通常の3分の1ほどの大きさしかない。もうこれ以上は手の施しようがないので、気管切開をして自宅看病をするか、それとも呼吸器を外すかの選択を迫られていた。

　脳は大脳、小脳、間脳、脳幹に大別され、その中でも小脳は運動の調節機能を担当しているところである。遥くんは小脳が機能していないので自発呼吸が難しく、気管から挿管する呼吸器で酸素を送り込んでいた。

しかし長く気管挿管を続けていると、身体が大きくなればなるほど遥くんにはかなりの負担がかかる。そのため自宅看病をするには、気管とその上部の皮膚を切開してそこからやや太めの管を挿入する気管切開をして酸素を体内に取り入れるしかないのだ。

そうなれば、約1時間に1回のペースでタンなどの吸引が必要となり、さらに遥くんの状態が不安定なため、家族が少しでも目を離すことすら難しいと告げられた。

一方で呼吸器を外すという選択は、最愛の我が子を遠いお空に送るということだった。

梨紗さんは出産予定日の3日前に腎盂腎炎《じんうじんえん》で入院し、予定日の翌日、2018年6月29日に帝王切開で遥くんを産んだ。2814グラムの赤ちゃんだった。

とても幸せな瞬間ではあったが、遥くんは産声をあげないどころか呼吸もしていない状態で、ただちにこの総合病院に救急搬送される。梨紗さんはそのまま入院が続き、また病院同士の連携は取れないとのことだったので、我が子の情報がまったく入ってこない不安な日々を過ごした。

美容室に勤める遥くんの父である竜太《りゅうた》さんが、休日となる月曜日に病院で医師から話を聞くと、

「脳に出血があるので呼吸がしにくいのではないでしょうか。しばらく身体を冷やす治療をすれば呼吸器を外せて、近いうちに退院できるでしょう」

と伝えられたので、梨紗さんもひとまずは胸を撫でおろした。

しかし、遥くんはいつまで経っても自発呼吸のない状態が続いた。その後のＭＲＩの検査結果で、遥くんの脳幹はとても細く、小脳が通常の3分の1ほどしかないことが判明した。聴覚検査でも反応がないので耳は聞こえていない。目も角膜が混濁しており、ものを認識できていないことも伝えられた。そしてそれらの原因はいまだにわかっていなかった。

一方で、生まれてきてこれまで一度も自分自身の意思で動いたことのない遥くんだが痛みだけは感じている。

医師からの告知を受けるたびに、胸が塞がる思いのする遥くんのお母さんとお父さん。気管切開をするか、呼吸器を外すかの二者択一を迫られて以来、梨紗さんには日付感覚もなく涙を流すだけの日々が続いていた。

確かに医師の言うとおり、呼吸器を外してあげれば遥くんの痛みや苦しみは消えることは梨紗さんも竜太さんもわかっている。

しかし遥くんの首から下はとても健康な状態で、すくすくと育っている。自分自身の意思で母乳を飲むことはできないが、口から挿管しているチューブで母乳は体内に運び込まれている。栄養を補充する点滴も必要なく、母乳だけで遥くんは日々大きくなってきているのだ。

「脳が機能しておらず、遥くんは感情がない状態です」

そう担当医師から伝えられてはいるが、吸引処置をするときには苦しそうな顔をするし、反射ではあるが時折動くことだってあった。

今、遥くんは梨紗さんがフエルトで手作りした品々に囲まれて眠っている。そのフエルトで作ったアスパラを握っている我が子がとても愛おしい。

だけどふいに、ＮＩＣＵで赤ちゃんの泣いている声が聞こえる。それに連鎖してそれぞれのベッドから赤ちゃんたちが泣きだす。でも我が子は静かなまま。

抱きかかえて直接母乳を与えている母子の姿が目に入り、梨紗さんは羨ましいと思う心を懸命に打ち消した。

「羨ましいと思ってしまうと遥にプレッシャーをかけてしまうのではないかと、だから『ママは今の遥が一番好きだよ』と声をかけて息子の頰をいつまでも撫でています」

遥くんの耳に母の言葉は届けられない。でも梨紗さんは手のひらのぬくもりを感じてほしい。そこから伝わっていく底知れぬ深い絆が、母子の間で生まれているのかもしれない。

「一度だけ遥に……ひとりでお空に帰れる？　またママとパパのところに生まれてきてくれる？　と聞いたとき……遥は悲しい顔をしたように思えたんです……」

梨紗さんと竜太さんの中で、どちらを選択するかの答えはまだ出ていなかった。

佑里子さんには梨紗さんのほかにも同じ状況でがんばっているママ友が数人いる。もちろん真紀さんもそのひとりだ。

真紀さんは長年の不妊治療の末、ようやく新しい命を授かった。しかも双子だった。だが妊娠6カ月目、つわりも落ち着いた頃、なんの前触れもなく突然下腹部に違和感が走った。慌てて膣に触れてみると、水の入った風船のような羊膜が出てきている状態だった。

総合病院に搬送され、なんとか一晩を過ごしたが、だんだん陣痛も始まり母体に限界が迫っていたので翌朝に帝王切開で出産することとなった。

第一子は女の子。胸のあたりに一瞬だけ触れさせてもらえ、産声も少しだけ聞こえた。第二子は男の子だったが産声は聞けず、身体も冷たかった。無事かどうかもわからないまま、なんらかの処置をされている。慌ただしい雰囲気の中で生まれてきたけれど予断を許さない緊迫した状況というのは真紀さんにもわかった。

「どうか、どうか、無事でいて」

真紀さんは心の底から祈り続けた。

早朝6時40分。到着した夫の純一《じゅんいち》さんは、すぐ妻に会って労《ねぎら》いの言葉をかけた。子どもたちの様子も気になって仕方がないが、詳しくは後ほどの面談で聞くことになっていた。

小学校の教諭をしている純一さんは、この日のことを走り書きでメモに残している。

２月22日（木）

11時、面談で医師からの説明を受けた。１時間近くの話はとてつもなく長く感じた。23週と４日目で双子で生まれてくるのは数年に一度しかないということ。双子なので胎内での成長は１週間ほど遅いと考えてほしいと伝えられた。ということは22週で生まれてきた赤ちゃんと同じということになる。

その後も医師からは合併症の話、肺の機能について、動脈や脳のことについて、超未熟児で生まれてきたリスク。これから生きていくためにしなくてはならない処置が赤ちゃんに大きな負担を与えていること、いつなにがあるかわからないこと。「大丈夫」という言葉は一言ももらえなかった。怖かった。赤ちゃんの生存率は85％、でも後遺症なく育つ確率は２割もないとのこと。たくさんの同意書にサインをした。手は震えていないのに震えているような錯覚をした。怖くて不安で仕方がなかった。

ＮＩＣＵで初めて赤ちゃんと対面。ドキドキした。その姿を見たとき、あまりにもか弱く、小さく、今にも消えてしまいそうな命を感じ、驚いてしまった。

初めてのスキンシップ、ひとりめ「真一、５８５グラム」。触れたとき、人生で一番びっくりした。キュッと僕の指をつかんでくれた。涙が溢れて止まらなかった。

ふたりめ「果穂、550グラム」。

たった30グラムほどの違いなのに、果穂は真一と比べてすごく小さく感じた。

足の裏をちょんちょんするとキャッキャしてくれた。ふたりに触れて感じたことは、

「こんなに小さくても生きようとしているんだ」

という赤ちゃんの生命力のすごさ。ふたりに触れながら、心の中で叫んだ。

「絶対に生きろ！　絶対に生きろ！」

何度も何度も叫んだ。

「パパに元気もらったね」

看護師さんが言ってくれた。すっごく嬉しかった。

真一、果穂、生まれてきてくれてありがとう。生きていてくれてありがとう。

お誕生日おめでとう！

真紀、ママになったね。パパにしてくれたね。ありがとう。そしてなにより、ここまでふたりをお腹の中で大切に大切に育ててくれてありがとう。本当に本当によくがんばったね！　僕は果穂、真一、そして真紀をなにがあっても絶対に守る！

今日は本当にすごい一日だった。人生最大の不安と幸せを一緒に感じた。

Happy Birthday!!

―純一さんのメモより―

生まれてすぐの真一くんは身体が冷たく肌の色も悪いように思えたが、母乳の量と回数が次第に増えていき、少しずつではあるが日々の成長が窺《うかが》えた。

しかし果穂ちゃんは順調にとはいかず、その後の面談では脳内に出血が見られるとの説明を受ける。さらに翌日、肺からも出血があると告げられた。

まずは肺の出血を止めるため、生まれてきてまだ４日目にもかかわらず果穂ちゃんは手術室へと運ばれた。なんとか手術は成功し、夫婦で胸を撫でおろしたのも束の間、後日の面談で、果穂ちゃんは腸が破れてしまう可能性もあると指摘される。しかも腸の箇所によって術後の経過が大きく変わり、なにより果穂ちゃんが手術に耐えられるかどうかが肝心であると聞かされ、その重い言葉が心に突き刺さった。

日を追うごとに、果穂ちゃんと真一くんの成長には大きな差が出てきた。３月２日には果穂ちゃんの腸に３箇所も穴が開いてしまっていることが判明し、すぐに緊急手術が必要となった。

しかし手術は難航し、５時間以上かかったあげく、切開した箇所を人工皮膚で貼りつけた状態で閉じざるを得なかった。さらに、全身麻酔で眠っている果穂ちゃんの脈はどんどん下がってきていた。

「今の状態だと今晩が山かもしれません」

面談室でそう医師に告げられた。

そのとき、担当看護師の吉野《よしの》さん（仮名）が話を割るように面談室へ入ってきた。

「果穂ちゃんを今すぐ抱っこしてあげてください……」

これまでは保育器を出るまで抱っこはできないことを伝えられていた。特に今の果穂ちゃんの状態では到底抱っこなんてさせてもらえないはずである。

ということは、これが最初で最後となる抱っこになってしまうのか。

「果穂。ママのぬくもりはわかる？　ママの匂いはわかる？」

頬を伝う涙も拭うことなく、真紀さんは初めて抱く腕の中の我が子に話しかける。続いて純一さんも優しく抱っこする。

「果穂。がんばって生きろ。なにがあっても生きるんだ。奇跡を起こしてくれ。ママとパパのそばにいてくれ。果穂のためならママもパパもなんだってできるから」

心の中で叫ぶパパの声が、最愛の我が子にじんわりじんわりと届けられていったのだろうか。なんと、果穂ちゃんの脈が少しずつ戻ってきたのだ。

そばにいた医師が目を丸くして驚いている。急いで果穂ちゃんは保育器に戻され、改めて処置が再開された。

ママとパパの唯一の願いが通じ、果穂ちゃんが奇跡を起こした。専門医でも説明不能な奇跡だ。夢ではない。医学的には到底考えられない現実が、このときふたりの前で起きていた。

その後、果穂ちゃんは、３月14日と３月22日にお腹を閉じる手術を２回に分けて行った。人工皮膚を剥がす際に癒着が進んでいて、その出血量を少しでも抑えるためだった。手術の負担が大きく、顔は別人のようにひどくむくみ、身体も痛々しいほどに腫れ上がっていたが、日に日に落ち着いて元に戻っていき、真紀さんも純一さんも回復の兆しを感じた。

そして２回目の手術の前日には果穂ちゃんの目が開いた。じっとママとパパを見つめている。そばにいるママとパパに「いつもありがとう」と伝えているようなパチクリとした瞳にふたりは癒された。初めて開いた目に映ったのは自分たち夫婦だと思うと、胸が熱くなった。

それからの果穂ちゃんは母乳も再開し、ママに初めてのオムツ交換もしてもらえるまでになっていった。

そして４月３日には、果穂ちゃんの頭の中に１㎝大の丸いリザーバーを埋め込む手術も行われた。リザーバーの天井部分には注射器の針を刺せる部分があり、皮膚の上から針を刺すと髄液を抜くことができるのだ。

実は果穂ちゃんは生まれてすぐの脳内出血により、本来であれば循環する髄液が排出されず溜まってしまい脳を圧迫していた。この手術のおかげで、頭囲も少しずつ元に戻り、母乳の量も体重も徐々に増えていった。さらに真一くんに続き、4月6日には人工呼吸器を卒業して鼻マスクタイプの呼吸器にもなった。

少し身軽になったからなのか、表情も柔らかい。そして初めてくしゃみもした。とても可愛い声で、真紀さんは心をときめかせた。

ちょうどこの頃、真一くんの体重がついに1000グラムを突破し、4月13日に初めて抱っこをすることができた。

「生まれたときは1000グラムなんてあまりに遠いことのように思えて本当に大きくなるんだろうかと心配な毎日だったので、大台に乗ったのは本当に嬉しかったし、よくがんばってここまで大きくなってくれたねと、たくさん褒めました」

真紀さんは少し声を弾ませた。ふたりは生まれた我が子を胸に抱ける幸せを噛みしめ、その後も時間の許す限り真一くんを抱っこして親子の絆をさらに深めていった。

「近いうちに果穂のことも抱っこしてあげるからね」

隣で眠る果穂ちゃんにも語りかけた。

そして果穂ちゃんはママとパパの期待に応えるかのように、少しずつ赤ちゃんらしくふっくらしてきていた。真紀さんの手記にはこう記されている。

この1カ月はふたりの成長がたくさん見れた月になった。真一の体重は1カ月で倍近く増え、むちむちすぎてはち切れそう！　オムツも4Sに!!　ここまでにもなくすくすく育ったのは奇跡だと思う！　真ちゃん、ホントによくがんばったね。

果穂は大きな手術を乗り越え一進一退を繰り返し、それでも体重が900グラム台になった！　1000グラムが見えてきた。

一時は離婚も頭をかすめるほど私たちの心が離れていたのに、ふたりが生まれてきてくれたことで、夫婦で話す時間がとても増えた。こんなに長い時間を過ごせたことは今までなかった。いろんな出来事に、いろんな人たちに感謝することがとても増えた。

人として、そして親として、とても成長させてもらっている。

ふたりのおかげで。

この子たちが大きくなったら、今の想いをたくさん伝えたいな……。

―真紀さんの手記より―

真紀さんにはこのとき、小さな夢があった。それはふたりをママとパパで抱っこして、4人の家族写真を撮ること。

それを思い描いていたら、現実となったのだ。真一くんがGCU（新生児治療回復室）に移る前日に果穂ちゃんの体重が1000グラムを超え、素肌の状態の母親がオムツ一枚の赤ちゃんを胸に抱くカンガルーケアを許された。

やっと果穂を抱っこすることができる！　ふたり同時に抱っこできる。願いは叶うんだ！　今までの出来事も全部そう！　絶対大丈夫と願って、すべて叶ってきた！

果穂ちゃんの身体はまだまだ問題が山積みだったが、大きな希望が見えた気がした。

NICUや搾乳室で頻繁に顔を合わす佑里子さんに声をかけたのは、真紀さんのほうからだった。

「赤ちゃん、保育器から出られたんですね」

「はい。ようやく……。気にかけていただきありがとうございます」

途切れ途切れのたどたどしい会話から、次第にお互いの状況を話し始める。

奈乃羽ちゃんと果穂ちゃんの疾患状態はよく似ていて、佑里子さんも果穂ちゃんのことが実はとても気になっていた。

小さな身体に繋がれたたくさんの点滴の本数やその種類はほぼ同じ。腸の手術、腹部の腫れ具合、そしてふたりが会話を交わすようになった後、果穂ちゃんは未熟児網膜症と診断され、５月28日に大学病院へ転院して手術をした。また、高カロリー点滴による肝臓への負担状況など、奇《く》しくも状態がよく似ていた。

今まで母として聞きたいこともたくさんあった。医師からの専門的な話はなかなか理解しがたくても、別の角度で情報交換するとわかることもある。

やがて佑里子さんと真紀さんの間で仲間意識が芽生えた。家族同士で話をする中で、共に励まし合い、共に喜び、共に涙する。それぞれが勇気をもらえる関係になっていった――。

「私たちが出会えたのも奇跡なんです。でもその奇跡は真ちゃん、果穂ちゃん、そして娘の奈乃羽が巡り合わせてくれたんです」

インタビューで佑里子さんがそう言うと、真紀さんも同意するように頷き、穏やかな表情で僕を見つめながら続けた。

「そうなんです。妊娠中に想像していたのとはまったく異なる出産になり、明日我が子の命があるかどうか、という話ばかりされ、自分の精神を保つのに必死な状態でした。そんな中、同じような経験をしている佑里子さんと出会えて心を開ける仲になれ、本当に救われています。心の痛みを深く理解することがどれだけ支えになるのかということを、子どもたちが教えてくれているんです」

小さな赤ちゃんたちが日々の成長を遂げるように、ふたりの母もまた、共に強くなっていた。

真紀さんが日々記録している搾乳ダイアリー。その中に［ママの気持ち］という欄がある。6月3日にはこう綴られていた。

果穂の体重、1523グラム

真一の体重、2406グラム

果穂ちゃんかなり体重が増えた！　抱っこすると重さを感じる。がんばって早く今の病院からみんながいる病院に戻ろう！　みんなが待ってくれているよ！

明日の目の検査、ふたりとも無事でありますように。

真ちゃんは初めておっぱいを吸って、母乳を直接飲むことができた。ずっとずっとこの日を待っていたから、嬉しくて私の涙で真ちゃんの顔がボトボトになってしまった。初めてなので飲むのが難しかったみたいだった。これからどんどん練習しようね。ふたりでがんばろうね。

—真紀さんの搾乳ダイアリー［ママの気持ち］より—

順調に成長しているように感じられた真一くんだったが、目の検査で果穂ちゃんと同じく未熟児網膜症のため奈乃羽ちゃんと同じ大学病院への転院を余儀なくされた。転院後すぐ担当医の手術を運良く受けることができ、なんとか視力を残すことに成功したものの、医師の説明によると、

「網膜剝離はギリギリのところで食い止めることができました。ただし、手術を成功させるために両目の水晶体を切除しました。そのため失明は逃れたけれど、どれだけ見えるようになるのかはなんとも言えません」

とのことだった。

その後の治療として、ハードコンタクトレンズでの矯正を勧められた。眼鏡よりコンタクトのほうが、より将来の視力を伸ばす可能性があるらしい。赤ちゃんへの装着が難しいことはすぐに予想できたが、真紀さんはなにがなんでも努力しようと心に誓った。

そして、目の心配は抱えていたけれどそれ以外は大きな問題はなく、７月28日、奇しくもパパの誕生日に真一くんは退院することができた。

一方で果穂ちゃんも転院先の大学病院で２度の手術を受け、身体の調子も良くなり、ミルクの量も体重も増えていった。

やっと保育器を卒業してコットという新生児用のキャリーベッドに移り、初めて肌着も着せてもらった。

今まではオムツ姿だった果穂ちゃんの肌着姿。

あまりの可愛さに、真紀さんは興奮気味に写真と動画を撮った——。

「抱っこも自由にできますし、この頃が一番穏やかな気持ちで、面会しに行く日々を送っていました」

と真紀さんは語った。


だが喜びも束の間、果穂ちゃんは感染症にかかり、状態が一気に悪くなった。ミルクは絶食となり、点滴のみの栄養となるため肝臓に大きな負担がかかる。そのため転院して1カ月で、総合病院へ戻ることとなった。

感染症の原因は、頭に埋め込んでいるリザーバーだった。リザーバーが感染し髄膜炎になっていたのだ。

リザーバーを抜かなければ感染が悪化し、命を落とす可能性がある。しかし果穂ちゃんは手術による絶食と、その代わりとなる点滴栄養のせいで徐々に肝不全が進んでおり、止血作用のある血小板を作る能力が落ちている。そのため、手術をしてメスを入れても命の危険にさらされるのだ。

究極の選択を迫られた真紀さんと純一さんは、事の重大さに目の前が真っ暗になる。

そして親としてどちらが我が子にとって良い選択かを考え抜き、1%でも良くなる可能性があるのならと、手術を決意した。

無事に手術が終わり、出血もほぼなくリザーバーを取り出したが、今度は髄膜炎の合併症として痙攣が始まった。はじめは弱かったが日に日に回数も増え、かなりきつい薬を投与せざるを得なくなった。放っておくと脳に重度の障害をもつことになるからだ。だが、薬の影響で果穂ちゃんは昏睡状態になってしまった。

医師からは、通常ここまで昏睡状態になることはないので、この先どうなっていくのかわからないと告げられた。

せっかく無事に手術が終わったと思った矢先に……。

喜んではどん底へ落ちの繰り返しに、心の休まる時間はなかった。

毎日毎日、果穂ちゃんの顔や身体に手を当て、目覚めることをひたすら願う。すると5日後、真紀さんが絵本の読み聞かせで声を届けている最中に、乾いている舌がちろっと動いたのだ。

やっぱり信じれば願いは叶うんだ！　と確信した。

果穂ちゃんは生まれて半年の間に、10回もの手術を乗り越えてきた。医師たちも驚く奇跡を起こしたこともあった。だからこの先、何があっても大丈夫！　そう信じていた。

しかし8月10日の面談で、医師から告げられた。

「果穂ちゃんの肝臓はどんどん悪くなっていて、この1カ月母乳の再開もできていないので絶食が続いています。血小板の数値もさらに下がっており、最善を尽くしてはいますが良くなる可能性は低いです。果穂ちゃんにとって本当によいことを考える時期がきています」

「果穂は生きたいからがんばっている。いつか母乳も再開できる日がくると信じている。私たちは絶対に諦めたくないんです……」

真紀さんは涙ながらに強く訴えた。

ふたりは果穂ちゃんのためになにができるかを必死に考えた。そしてふたつの願いを医師に告げた。

ひとつは、真一くんを果穂ちゃんに会わせること。もうひとつは、抱っこをすること。決して、もう最後だから……という後ろ向きな想いからではない。このふたつは必ず果穂ちゃんの生きる力になると思ってのことだった。手配してもらったNICUのファミリールーム。ここは本来、自宅でもケアが必要な赤ちゃんが安心して家に帰れるように、家族の予行演習の場として利用される部屋だ。

前日には佑里子さんをはじめとするママ友たち、そして勤務終わりに居残ってくれた吉野さんをはじめ看護師さんたちも一緒になって、夜遅くまで飾りつけを手伝った。

8月22日。ひとつの部屋で小さなふたりが並ぶ。2カ月ぶりの再会はハーフバースデーの日だった。

「真ちゃん、お姉ちゃんだよ。ママのお腹の中でふたりは仲良く暮らしていたんだよ」

真一くんはじっと果穂ちゃんを見つめて、姉弟が並んだ幸せを感じている表情を浮かべた。

そして３日後の８月25日には、ふたつめの願いを叶えた。

真紀さんは微笑みと涙を混ぜ合わせ、そっと我が子を抱き寄せる。

「この抱っこで、少しでも果穂が元気になれますように。私の愛情が伝わりますように」

そう願いながら穏やかな時間を過ごした。


８月27日の深夜２時40分、純一さんの携帯電話が鳴った。担当看護師の吉野さんからだった。

「果穂ちゃんに会いに来てあげてください………脈が下がってきています……」

早急に準備をし、純一さんが運転する車で病院へ向かう。

「果穂、どうか私たちが着くまで待ってて………」

真紀さんは車中でずっとずっと祈り続けた。

いつもなら急な連絡が入っても、駆けつける道中で真紀さんと純一さんのどちらかが「絶対に大丈夫！」と言い続けてきたが、この日は違った。

「果穂が待ってる……」

そう直感し、とてつもなく大きな胸騒ぎが収まらないまま病院に到着した。

「果穂ちゃんの脈が下がってきて、一度は0にまでなったのですが……ママとパパが来てくれるのがわかったんでしょうね……脈が戻ったんです」

医師からはそう伝えられた。

果穂ちゃんの顔はここ最近見た中で、一番穏やかな顔をしていた。

「この前はママが抱っこしたから、今日はパパに抱っこしてもらおうね、果穂ちゃん……」

ママが横でいつもの絵本を読み聞かせ始める。パパが我が子のすべてをたくさんの愛で包み込む。

絵本を読んでいる途中で果穂ちゃんの脈は100を切り、ゆっくりゆっくり70、60、50と下がっていく。それでも真紀さんは涙で声が詰まりそうになるのを懸命にこらえて絵本を読み続けた。

優しく届けられるママの声以外は、なにも聞こえない清浄な世界。
20、15、10、9、8、7と低下していく果穂ちゃんの脈。そしてママがいつもの絵本を読み終えたと同時に脈は0になり、すーっと眠るように果穂ちゃんはお空に旅立った。
果穂ちゃんが寂しくならないように、真紀さんは涙まじりのブラームスの子守歌を聞かせてあげた。

「私の声、聞きながら旅立てたんじゃないかな……。パパの腕の中で……。私たちが到着するのを待ってくれていたんだね。嬉しいな……」

果穂ちゃんは、いつもお世話をしてくれていた吉野さんの夜勤の日を選び、ママとパパが周りの目を気にしないでゆっくり過ごせる時間帯を選んで、ハーフバースデーも迎えたくて、真ちゃんにもばあばとじいじにも会いたくて、自分でこの日時を選んだのかもしれない――。


これまで10回の手術を乗り越え、いくつもの奇跡を起こした果穂ちゃん。その姿を脳裏に浮かべて、真紀さんと純一さんは語る。

「果穂にもしものことがあったとしたら、私たちはもがき苦しむだろうと思っていました。でもまったくそうではなかったんです。果穂はゆっくりと私たちに心の準備をさせてくれていたんじゃないかな、と。正直、お空に帰ってしまったのは寂しくて寂しくてたまりません。だけど果穂がしてほしいと願っていることはすべてしてあげられたと思っています。だから後悔は不思議なほどないんです」

「果穂がすべてを決めていたとしか思えません」

そして真紀さんは、果穂ちゃんに手紙を書いた。

大好きな果穂ちゃんへ。

今までいろんな出来事を本当によくがんばったね。何度も手術を乗り越え、奇跡を起こし続けてくれたのは、一緒に生きたかったからだよね。それが痛いほど伝わっていたから、パパもママも精いっぱいがんばれたんだよ。

果穂ちゃんと一緒に過ごした187日間、パパとママは果穂ちゃんのおかげでたくさんの幸せを感じることができたんだよ。ありがとう。

果穂ちゃんが教えてくれたこと、残してくれたものは大切なことばかり。

私たちにいのちの尊さを教えてくれた。

私たちをパパとママにしてくれた。

私たち夫婦の絆を強くしてくれた。

私たちや周りの大切な人たちに勇気を与えてくれた。

お通夜の夜、4人で川の字になって眠るとき、明日果穂ちゃんをどんなふうにお見送りするか話し合ったんだ。パパとママはこれはお別れだとは思っていなくて、果穂ちゃんは元気になってまた戻ってきてくれると信じているから、笑顔でいってらっしゃいと言おうねと決めたの。

これから私たちがどうやって生きていくかを果穂ちゃんは見ていてくれるはず

だから、家族を大切にして明るく笑顔でい続けるね。それが果穂ちゃんの望みだと思うから。

そして私たちも、してあげたかったことをたくさんできたよ。

大好きと伝えること、名前を呼ぶこと、絵本を読むこと、抱っこすること、手を繋ぐこと、ハーフバースデーを家族４人揃ってお祝いすること。

だからパパとママは後悔がないんだ。

果穂ちゃんはとってもかわいい穏やかな表情で旅立ったから。

パパとママに後悔が残らないように、辛くならないように、心の準備をする時間を与えてくれたんだね。

本当にやさしいね。

今とっても心があったかいよ。

果穂ちゃん、これからもずーっと一緒!!

　ママより

果穂ちゃんが旅立った日から、真紀さんと純一さんはひまわりで埋め尽くされた果穂ちゃんの笑顔の写真の前で、毎日欠かすことなく会話している。

今日も真紀さんと純一さんの笑顔は果穂ちゃんの前に溢れている。

「果穂ちゃん、おやすみ〜。また明日ね」

9

果穂ちゃんの旅立ちから少し遡った8月上旬。奈乃羽ちゃんは生後6カ月のハーフバースデーを迎えて以降、呼吸の安定しない日が続くようになった。泣いたり、また母乳を含ませた綿棒おしゃぶりをチュパチュパしているだけでも呼吸が乱れてしまう。そうなると肺に酸素が運ばれにくくなり、結果、全身の臓器が酸素不足を起こす。

顔を歪ませてゼイゼイしている状態が続いて眠れないときは、奈乃羽ちゃんの脇に手を当てて「大丈夫だよ〜、大丈夫だよ〜」と声をかける。すると母の声やぬくもりを感じて少しずつ落ち着きを取り戻し、やがてウトウトと眠りにつく。

仰向けのまま寝ていた奈乃羽ちゃんが気持ち良さそうな表情を浮かべたので、すかさずカメラを取り出した。正面からの写真は久しぶりだ。

というのも、奈乃羽ちゃんは水っぽい便がよく出るので、オムツ交換のときに目にするお尻はいつも赤く、なかなか治らない。さらにお腹の張りも苦しいようで、どうしても横向きで眠ることが多くなる。まだ自分で寝返りは打てないため、我が子の表情を見て左右に向きを変えてあげるのだ――。

「だから、正面からの写真は貴重なんですよ」

そのときの写真を見せながら、佑里子さんは感慨深げに話す。

母は時間の許す限り我が子のそばにいて、ずっと看病をしている。これまで一日たりとも休んだことはない。

「よく、大変ですね〜って労われるんですけど、私にとっては全然。苦労してますね〜とも言われますけど、まったく思っていません。この毎日のルーティーンがなくなってしまうことのほうが怖くて……。今日も奈乃羽の顔を見て、一緒に過ごせていることが幸せなんです。こんなに毎日長い時間一緒にいてくれてありがとうと、奈乃羽にはいつも感謝しています。これまでもインタビューの中で何度も言ってきたけど、私に自由な時間なんていらないんです。奈乃羽と一緒にいることが一番大切。奈乃羽も私がいつもそばにいることを嬉しく思ってくれていると、私は信じています」

佑里子さんは手に持っている写真を見つめて、

「そうだよね〜、奈乃羽……ずっと好きだよ。明日も会いに行くからね」

と囁き、写真の中の奈乃羽ちゃんにチューをした。

生後200日を迎えた8月14日。奈乃羽ちゃんはがんばっている自らを祝っているのか、大泣きすることもなくご機嫌だった。

東さんが200日祝いの帽子を作ってくれていた。ピンク色の画用紙を円すい形にし、そこにハートマークをいくつか貼り付けてある。頂部には、ハート型に切り取った黄色い画用紙がついており、「200日」と書かれている。東さんの愛が伝わる帽子だった。

頭にかぶせてみると奈乃羽ちゃんは少し笑ったような表情を見せた。

「あっ！　奈乃羽、いま笑ったよね」

「なのちゃん、この帽子、気に入ってくれたんだね。ありがとね」

佑里子さんと東さんも互いに笑顔を浮かべた。

この日の敏哉さんは東京出張で帰宅が夜遅くだったため、その翌日に奈乃羽ちゃんの誕生200日記念となる家族3人での写真をカメラに収めた。

生まれたときは325グラムだった奈乃羽ちゃんは、今では1879グラムにまで体重が増えた。抱っこで感じる我が子の成長ぶりを夫婦で実感した。

その後、敏哉さんはすぐに仕事へと向かったが、佑里子さんは奈乃羽ちゃんと触れ合ったり、オムツを替えたりして、いつものように母子の時間を過ごす。目薬のときは大泣きする奈乃羽ちゃんだが、この日はグズることなく、そして呼吸もさほど乱れることなく、いつもより穏やかな表情を見せていた。

「奈乃羽〜、生まれて２００日の記念日だってことわかってるから、昨日も今日もお利口さんにしてるんだね〜。奈乃羽は賢いね〜」

最愛の娘の頬を、佑里子さんはたくさんの愛を込めた指先で優しく撫で続けた。

奈乃羽ちゃんが落ち着いているので、ＮＩＣＵの看護師さんたちともいろいろ話をすることができた。少し話が盛り上がって、

「奈乃羽のホッペにパクってしようかな〜」

とおどけてみせると、近くにいた看護師さんも笑顔ですすめてくれたので、〝初パクッ〟をムービーで撮った。最高に幸せな時間だった。

「奈乃羽のホッペ、ぷにゅぷにゅでおいしいね〜。これからはいっぱいチューしようね」

その後も静かに眠る奈乃羽ちゃんを、面会終了時間になるまで佑里子さんは見守り続けた。


８月18日。12時30分に病院へ。今日の朝方に呼吸がふらついて安定しなかったようで、呼吸器の圧をいつもより強めに設定されていて、酸素濃度も55に上げられていた。

14日からは顔が紫色になることも少なく安定していたのに……。すごく心配になった……。よく寝てくれていたけど、舌がまた乾燥していたので綿棒にお湯を

湿らせて潤してあげようとしたら、舌の先がひび割れていて血が出ていた。舌をしまえるようになったらいいんだけど……。東さんと血圧を測ったり、オムツを交換したりして様子を見ていた。

搾乳後に、面会に来てくれたお母さんと待ち合わせて15時10分に病室へ入ると、奈乃羽の顔が真っ赤になっていて険しい表情をしていたからどうしたのかと思ったら、ウンチをするのに力んでいただけだった。可愛い！

ウンチが終わってオムツ交換したら奈乃羽はスヤスヤ。お母さんが久しぶりに奈乃羽に会えて、とても嬉しそうだったのでよかった！

目薬も東さんがタイミングをはかりながらやってくれたので泣かなかったけど、奈乃羽の身体を仰向けにしたら顔が紫色になって大泣きしたので、すぐに横向きに戻すと落ち着いて安心した。

奈乃羽の呼吸が落ち着きますように。肺疾患や身体のしんどいところを、お盆で来ているご先祖様が向こうに持って帰ってくれたらいいな……。


―佑里子さんの手記より―

酸素濃度とは血液中に溶けている酸素の割合で、これが下がってくると生命の維持に支障をきたす。奈乃羽ちゃんは肺疾患のため、呼吸をして酸素と二酸化炭素をうまく交換できず酸素濃度が下がってしまうのだ。

8月21日には奈乃羽ちゃんの呼吸器に、肺の血管を広げるための一酸化窒素を運ぶ機械が取り付けられた。

一酸化窒素は肺の血管を広げる作用があり、生まれてすぐの赤ちゃんに使うことが多い。だが奈乃羽ちゃんは肺の状態がかなり悪くなっていて、泣いたりすると血管が収縮して顔が土色になってしまうこともある。そこで、呼吸が少しでも楽になるようにするための処置だった。

1〜2週間様子を見て、呼吸状態が良くなってくれるのを期待したいと医師からは伝えられた——。

「奈乃羽がしんどくなく呼吸が安定してくれるのを心から祈り続けました」

と佑里子さんは当時の心境を述懐する。

一酸化窒素の機械によって、翌日には奈乃羽ちゃんの呼吸は少し安定し、ミルクも24cc×12回になった。

しかし便はほとんど水っぽいものしか出なくなっていた。ミルクの量が増えるとお腹がゆるんでしまう。舌先もまだ荒れているままなので、人工唾液のスプレーで乾燥しないよう潤している状態である。また、佑里子さんは毎日奈乃羽ちゃんの手足をマッサージしてあげているが、なかなか柔らかくなっていってはくれない。

というのも、奈乃羽ちゃんは生まれたときから腸がミルクをちゃんと吸収できるほど強くなかったこともあり、高カロリーの点滴で成長してきた。そのため骨密度がかなり低く、骨がレントゲンにしっかり写らないぐらいだった。

両腕と両足がいつの間にか骨折し、それが自然に治るという状態を繰り返していた。しかも自然治癒のタイミングで骨が少し歪んでくっついてしまっていたこともあり、身体に力を入れると共に手足が力み、縮こまった体勢になるのが癖づいて、ちゃんと伸ばせなくなっていた。

それでもがんばり続ける奈乃羽ちゃんは、体重が2000グラムを超えた——。

「8月24日金曜日の12時30分に病院へ行ったら、朝10時15分に奈乃羽の体重を計測した東さんから、2008グラムになっていたことを知らされたんです。夢の2000グラム台にまで成長してくれていて、とても嬉しかったです」

佑里子さんはその日の日付や曜日、時間、体重、またそのときの高揚した気持ちなど、書きとめている手記も見ることなくすべてを記憶していた。奈乃羽ちゃんの一つひとつの記念日が、たとえ周囲からすればどんなに些細なことであっても、佑里子さんにとっては大切なものであるのだ。

奈乃羽ちゃんの７カ月バースデーである8月27日に、果穂ちゃんと真一くんのパパの純一さんから電話があり、果穂ちゃんがお空に旅立ったことを知らされた。

「奈乃羽の戦友の果穂ちゃん、本当によくがんばったね。果穂ちゃんのおかげでみんなが前向きになれて、諦めないでがんばってこれた。本当にありがとう」

しっかりと受け入れたつもりでも、ＮＩＣＵに入室したら果穂ちゃんのベッドがないことにやはりショックを受けて、佑里子さんの涙は止まらなかった。

果穂ちゃんの担当看護師である吉野さんがそばに来た。

「果穂ちゃんを連れてママとパパがお家に帰るとき『奈乃羽ちゃん、がんばれ～！　とお伝えください』と言っておられましたよ」

その伝言を聞いて、佑里子さんはさらに大粒の涙を流し、いつも奈乃羽ちゃんの身体を拭いてあげているハンカチでぬぐった。

「奈乃羽……。果穂ちゃんのぶんまでがんばって生きようね」

佑里子さんは奈乃羽ちゃんの小さな身体を、震える手のひらで撫で続けた。奈乃羽ちゃんはスヤスヤ眠ってはいるが、やはり肺がうまく機能せず呼吸が苦しいようでゼイゼイと音がしている。

搾乳室に行くと、いつもこの時間にいるはずの遥くんのママ・梨紗さんがいなかった。搾乳後にロッカーの前を通ったとき、そこでひとり声を抑えながらしくしくと泣いている姿を見つけた。

思わず声をかけたが、今はすべてを詳しく話せる状態ではないようだ。食事もまったく摂ることができず、昨夜からは搾乳もできていないという。遥くんの命の選択の期限が迫っている梨紗さんの苦悩はいつまでも和らぐことはなかった。

夕方には、敏哉さんが病室に到着した。佑里子さんと同じく果穂ちゃんのベッドがないことに寂しさを感じているのが誰の目にも感じとれた。

なくなったベッドのほうを見つめながら、眠る奈乃羽ちゃんをトントンする。奈乃羽ちゃんはパパが来たのがわかって安心したのか、ゆっくりと少しだけ目を開けた。

敏哉さんは目を真っ赤にして、

「奈乃羽、大好きだよ……」

と耳もとで囁いた。すると、奈乃羽ちゃんの呼吸は次第に安定しだした。

奈乃羽ちゃんにはママの声もパパの声もちゃんと聞こえている。そして、果穂ちゃんのぶんまでがんばろうとしている。

「奈乃羽、明日も面会時間に来るからね」

佑里子さんは奈乃羽ちゃんの頬にチューをした。

面会時間が終了して病室を出ると、また梨紗さんに会った。もしかしたら私たちを待ってくれていたのかもしれない。

梨紗さんはすごく落ち込んでいたが、ほんの少し話をしてくれた。

「遥の呼吸器を外すなら、ひとりで逝かせるのはあまりにもかわいそうだから……私も一緒に……って思ってしまう自分がいるんです……」

本来ならば、そんな考えは捨てるべきだ。もしその選択をしたら、遥くんを余計に悲しませることになる。「ボクのためにごめんね」と思わせてしまう。

だから励ましの言葉をかけるべきだと佑里子さんも敏哉さんも思ったが、そのときはなにも言えなかった――。

「もし、奈乃羽が同じ状況なら私たちもそう思ってしまうかもしれない。正論だけでは片付けられない深い深いものがある。一番は遥くんが生きるのを諦めてほしくない。でも、いくら同じ状況の親同士であっても私たちはそれを口にしてはいけない。慰めたくても、なにを言ってあげればいいのか、その言葉さえ見つからないんです」

さまざまな葛藤がふたりの胸中で渦巻き、沈黙はしばらくの間続いた。

8月末は奈乃羽ちゃんの肺疾患に関する面談が毎日のように続いた。ステロイド注射もずっと使っているがあまり効いていないようだ。現在呼吸器につけている一酸化窒素の機械も設定を下げると呼吸が乱れてしまうため、今後肺がよくなるかどうかは正直わからないとも告げられた。

そして9月。今日もＮＩＣＵの小さなベッドで奈乃羽ちゃんはスヤスヤと眠っている。この頃から1日2回眠りを誘う薬を使うようになったからだ。起きている状態で呼吸が乱れると、脳に酸素が回らない時間が増えてしまう。そのことを懸念しての処置だった。だが一方で、深い眠りに入ると脈が下がったりもする。

「どうか奈乃羽の身体が大きくなって、肺が強くなりますように」

佑里子さんは奈乃羽ちゃんのそばで祈り続けた。そして2カ月半ぶりに抱っこした。奈乃羽ちゃんの重さを感じられる幸せを胸にしまい、さまざまな不安をかき消そうとした。

オムツ交換をするために一度ベッドに戻す。東さんが奈乃羽ちゃんを仰向けにすると機嫌が悪くなったのか、奈乃羽ちゃんは小さな可愛い指で東さんの手の甲をつねった。

「うわ〜っ！　なのちゃん、指先までしっかりと力が入るようになったんだね〜。すごいね〜」

東さんは嬉しさを顔いっぱいに浮かべた。

「奈乃羽！　なにしてるの！　東さんをキズモノにしちゃダメ！」

佑里子さんも我が子の成長に喜びを含ませつつ注意した――。

「９月３日は15時ぐらいから17時頃まで、ずっと奈乃羽を抱っこしていたんです。ときどき目を覚ましてもグズることなく奈乃羽はご機嫌で、抱っこ中もよく笑ってくれました。オムツ交換をしたあとも、また抱っこして。『もう東さんをつねっちゃダメよ』って言い聞かせつつも、本当に嬉しかった……。そのうち奈乃羽が気持ち良さそうに寝だしたので、つい私も抱っこしながらウトウトしてしまいました」

その日の出来事も佑里子さんにとって大切な思い出。当時を懐かしむように、ほんの少しの笑顔を見せた。

〇

９月４日の夜、佑里子さんに紹介いただく形で僕は初めて遥くんのママである梨紗さんに会わせてもらった。話に聞いていたとおりの若いお母さんで、柔和な笑顔をよく浮かべる。でも時折、無意識に寂しげな表情を見せた。

初対面の僕に、遥くんが生まれてくるまでのことや、生まれてからの経過を順を追って語ってくれた。僕も失礼ながらもたくさんの質問をさせてもらった。

その一つひとつの質問に対して、彼女は当時の心境を交えながらゆっくりと丁寧に答えてくれた。隣に座る佑里子さんもそうだが、これまで書き綴ってきたノートを見ることなく、すべてを記憶している。我が子に対する母の愛はこれほどにも強く深いものなのだ、と改めて実感した。

「遥は、片目だけですが開けることがあるんです。まるで、私を見つめて『ママ〜、ママ〜』と呼んでいるよう。いえ、絶対に心の中で私を呼んでいます。ママに甘えてくれているんです」

梨紗さんはそのときの光景を思い浮かべ、目に涙をにじませながらも笑顔を見せた。

「これ、遥がいつも握っているニンジンなんです。他にもいろいろ作ったものがありますけど。ちなみに今は、アスパラを握っています」

梨紗さんはフエルトで手作りした、赤ちゃんが握れるサイズの小さなニンジンを見せてくれた。

「毎日いろんな野菜や果物を握らせて、遥の体内に栄養補給してるんです。なんだかバカげた話だけど、私、本気でそう思っています」

恥ずかしそうな表情を浮かべたあと、梨紗さんはそのニンジンを優しく握った。

僕は全然バカげているとは思わなかった。あり得ないゲン担ぎだろうが、母は我が子のことを思って、来る日も来る日も精いっぱい尽くしている。

これ以上話を聞くと僕自身の声がうわずって涙腺が崩壊するような気がしたので、この日のインタビューはここまでにさせてもらった。

僕は帰宅してすぐ自分の部屋にこもり、先ほどインタビューをした梨紗さんの言葉の一つひとつを録音したボイスレコーダーから再度聴き、紙に書き出す作業を始めた。

現在、我が家の長女は海外で生活をしており、二女は僕と同じく芸人をしていて東京に住んでいる。末娘は大学生だが、この時期は海外に留学しているので、家の中は静かなものだ。おかげで集中できて作業ははかどった。

自分にしか読めないであろう崩れた文字を走らせていると、東京にいるはずの二女が僕の部屋に入ってきた。

「えっ？　光永《ひなた》、どうしたん？」

「どうしたんて！　今日は大阪に帰るって、ずっと前から言うてたやん」

「あっ、そうやったな。ごめん、ごめん」

ここ最近は執筆で頭がいっぱいになっていて、娘が帰阪する日さえもすっかり忘れていた。その娘が数枚の写真を僕の前に差し出した。それは本人の赤ちゃんの頃の写真だ。

「今度、イベントで小さいときの写真を使うことになってんけど、どれがいいかなぁと思って」

作業を少し中断して、父娘でその写真を選んでいたときに、僕はふと二女が生まれたときのことを思い出した。

１９９１年10月6日に神戸市の若宮《わかみや》病院で生まれた二女は４０６０グラムもあるまん丸とした赤ちゃんだった。誰が見ても健康そのものに見えた二女の誕生に、夫婦で喜びを分かち合った。しかしその翌日、なんらかの感染症になっていることがわかり、娘は兵庫県立こども病院に運ばれたのだ。

ＮＩＣＵの保育器の中で眠っている我が子。身体中に点滴の針が入っているので、動いても抜けないように手足は固定されている。適切な処置だと看護師さんから知らされていても、その姿が痛々しく、嫁は病室を訪れるたびに声を抑えて泣いていた。

感染の数値は日を追うごとに下がりだしたが、今度は肌や白目などが黄色っぽくなる新生児黄疸が出てしまい、しばらく入院生活は続いた。新生児黄疸はほとんどが生理的なもので自然になくなっていくが、そうでない場合は適切な治療をしなければいけない。

幸いにも二女の黄疸は少しずつ良くなり、２週間後には退院することができた。

あれから年月は経ち、僕と一緒に写真を選んでいるこの子はもうすぐ27歳になる。

長女も三女もこれまで病気や怪我をしたことはあるが、順風満帆に育ってくれた。いつしかそれが当たり前の生活になり、子どもはいずれ大人になって巣立っていくのが当然だと信じて疑わなかった。

僕は長く生きてきて、いろんなことも経験してきたから、人の苦しみや悲しみをわかってあげられる。人に感謝だってできる。そう自分で思い込んでいただけで、実際には全然足りていなかった。

なぜなら二女が生まれてすぐの入院についても断片的な記憶だけで、詳しくは覚えていない。そのときの悲しみ、不安、そして退院できた喜び、二女が生きていることへの感謝すら脳裏から消えていたのだから。

これまで普通に生きてきたと思っているだけで、実はそれは普通じゃない。一つひとつの奇跡が重なって今があり、何事もなく毎日を過ごせているという幸せがここにあることをわかっていなかった。

「パパ、どうしたん？　そんな真剣な顔して。直感で選んでくれたらええねんで」

二女が僕の顔を覗き込んだ。

僕は当時を振り返っていたことを娘には伝えずに、

「うん。そやな～、これがええんちゃう」

と一番右端の写真を指さした。その写真は二女が兵庫県立こども病院から退院してすぐのもので、娘の頬には感染によるただれでまだ少し赤くなっている箇所が残っている。

「えーっ！　なんでこれなん。もういい、ママに選んでもらう」

二女は少し不機嫌になって、僕の部屋を出ていった。

でも僕は、今ここに普通に過ごせている家族がいる喜びを噛みしめていた。

＝

奈乃羽ちゃんの体重は少しずつ増えて、9月7日には2101グラムになっていた。佑里子さんが手作りしたこれまでの服も小さくなっていたので、新しい服の製作に取りかかった。また徹夜が続くことになるが、佑里子さんにしてみれば幸せでしかない。我が子の笑顔を想像しながら針と糸を走らせる。そして仕上がった新しい服を奈乃羽ちゃんに着せては、その姿をカメラに収めた。

「奈乃羽ちゃん、可愛いですね～」

看護師さんたちから声をかけられるたびに、佑里子さんは顔をほころばせた。

ちょうどその頃、「これから肺機能が少しずつでも良くなってくれることを信じて呼吸器のチューブを抜管してみましょう」と医師から提案された。チューブを挿管したままより、抜管して少しずつ自発呼吸に慣れてもらうほうが今後のことを考えると良いとのことだった。

佑里子さんは希望を持って同意した。

「これがうまくいけば奈乃羽の肺は徐々に強くなっていく。きっと、きっとうまくいく」

奈乃羽ちゃんの唇の乾燥を潤し、お湯でネバリをきれいに拭き取りながら、いつものように祈り続ける。

「どうか奈乃羽の呼吸が楽になりますように」

しかし前向きな気持ちで帰宅しても、やはり不安がよぎることもある。日々の疲れが蓄積されているはずなのになかなか眠りにつけない。

翌日の９月14日、病院へ行くと夜勤だった東さんがメモを残してくれていた。

「夜中はよく寝て落ち着いていましたが、明け方はかなりしんどくなっていたようで、呼吸器はやはり挿管に戻すことになりました。奈乃羽ちゃん、昨日は自分で呼吸をがんばっていたぶん、少し疲れてしまったみたいです。挿管に戻って楽になったようで、泣くこともなく落ち着いていましたよ。また仕切り直しになりますがママ・パパと一緒に奈乃羽ちゃんの呼吸状態が上向きになるよう応援していきたいと思います。東より」

佑里子さんはそのメモに目を通し、東さんの心遣いに感謝する一方で、また一からのスタートだと心中で嘆いた。

この日の午後も奈乃羽ちゃんの肺の状態に関する面談があった。奈乃羽ちゃんは身体の大きさのわりに肺が小さい。なんとか身体が大きくなると共に肺も成長させたいので、これからもいろいろ試していきたいと伝えられる。

「もう、今はどんなことでも受け入れるしか……ないです」

佑里子さんは小さな声で答えた。

「ほんのわずかな希望しかもてないことであっても、奈乃羽は奇跡を起こしてくれると私は信じています。先生、よろしくお願いいたします」

丁寧な口調で目の前の医師に伝えて目を閉じた。

そのときふと、ステロイドの副作用で奈乃羽ちゃんの頬や身体には肉がついてしまい、骨の成長が遅くなっていることを思い出した。

佑里子さんはしばらくして再び口を開く。

「今の奈乃羽はステロイドをやめて、まず身体の成長を考えるほうが先のような気がするのですが……」

思い切ってそう伝えると、医師からは「考えてみます」と言ってもらえた。

また、このまま口からの挿管を続けるのもいろいろリスクがあるという話もされた。いつとは断言できないが、身体がもう少し大きくなっても挿管が取れそうになかったら気管切開をしたほうがいいかもしれないとのことだった。

「こんなにも小さな奈乃羽には気管切開は辛すぎる。なんとか奈乃羽の肺が強くなってほしい……」

目の前の医師に佑里子さんは何度も手を合わせた。

来る日も来る日も我が子の口の中と周りをきれいに拭いて、オムツを交換する母。これまで一日も欠かすことなく奈乃羽ちゃんのそばにいる佑里子さんは、誰よりも奈乃羽ちゃんの体調のことをわかっている。

仰向けで寝かせてあげていたら疲れてきたのか、呼吸の数値が下がりだしたので、横向きの体勢に変える。すると奈乃羽ちゃんはガスを出した。そしてお腹が少し柔らかくなってくると共に呼吸の数値が戻ってくる。その後浣腸をすると便も出て、呼吸はさらに安定しだした。

「もう立派な看護師さんですね～」

佑里子さんのてきぱきとした動きに、東さんが感心する。

「私、自分用の白衣を手づくりしようかな～」

佑里子さんは東さんを見て、ペロッと舌先を出しておどけた顔をした。東さんもニッコリと微笑んだ。

１週間ほど前までは奈乃羽ちゃんの腕は点滴の跡で紫色になっていて皮膚もシワシワだったが、その皺《しわ》も伸びてきれいになり、跡も薄くなっていることに気づいた。

少しずつ奈乃羽ちゃんの手足が成長してきていると実感できた。背中の反りも日々良くなり、リハビリ科の医師にマッサージをしてもらっている奈乃羽ちゃんはとても気持ち良さそうにしている。身体の調子が良いときは、看護師さんにお風呂にも入れてもらう。そのときはとてもリラックスした表情を浮かべた。

奈乃羽ちゃんがぐっすり眠っているときは目ヤニや鼻の穴をきれいにし、少しでも快適に過ごせるよう佑里子さんは努めた。お尻も軟膏が効いて赤みが治まってきている。

「奈乃羽〜、今日はよく寝ているからママはもう帰っていいかなぁ〜」

そう声をかけて帰ろうとしたら、突然まぶたを上げた奈乃羽ちゃん。

母が発した言葉の意味などわからないはずなのに、なにかを察知したのであろうか、その後は眠らずにチラチラと目を開ける。結局、佑里子さんはこの日もまた、面会時間が終了する午後8時まで奈乃羽ちゃんと母子の時間を過ごした――。

第3章
おかえり

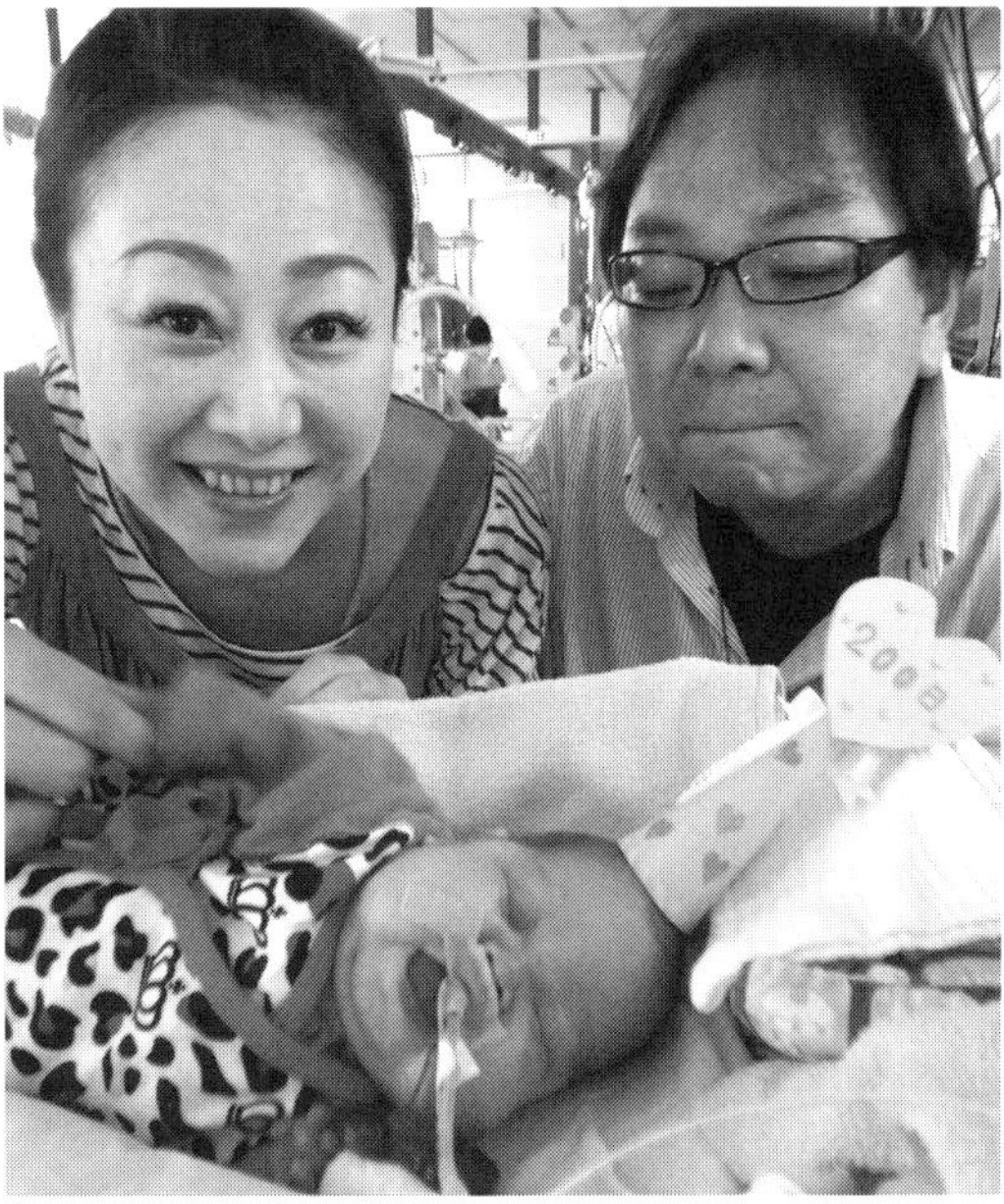

200日バースデーを迎えた奈乃羽ちゃん

12

毎年、春と秋はテレビ番組の改編がされる時期である。この10月の番組改編でも敏哉さんはこれまで以上に多忙なスケジュールとなった。

それでも敏哉さんは、9月下旬のまだまだ残暑の厳しい秋晴れの日、早朝からの撮影が終わるとすぐにその足で奈乃羽ちゃんのもとへと向かった。

「あら？　今日はどうしたの？　すごく早いね」

佑里子さんは眠る奈乃羽ちゃんの頰を撫でながら、歩み寄ってくる夫の姿を確認した。

「うん。みんながテンポよくロケを進めてくれてね」

敏哉さんも我が子の頭を撫でる。

リハビリで口を閉じる練習もしている奈乃羽ちゃんは舌が口の中に入るようになり、一瞬ではあるが口を閉じられるようになっていた。だがまだ呼吸は安定せず、静かに眠っていても呼吸の数値が下がってしまうことがある。そして、その数値はなかなか上がってきてはくれない。

少し離れたベッドで、梨紗さんも遥くんの頰を撫でている。遥くんの周りには梨紗さんが寝る間も惜しんで作り続けたのであろうフエルトの手芸品がこれまで以上に増えていた。

「遥くん……お空に帰る日、決めたらしいよ……。10月29日……だって」

佑里子さんが小さな声で告げたその言葉に、敏哉さんはなにも返せなかった。

「これから遥くんを送ってあげる準備を一つひとつしっかりとしてあげるんだって……。梨紗ちゃん、そう言ってた……」

佑里子さんの瞳が涙でにじむ。

敏哉さんも目を潤ませ、梨紗さんの横顔を見つめた。今、なんと声をかけてあげれば少しでも彼女の心が救われるのか、励みになるのか。いろいろ考えたが言葉は見つからないままだった。

しばらくすると奈乃羽ちゃんが泣きだしたので、敏哉さんは視線を奈乃羽ちゃんに戻した。

「奈乃羽、眠ってもすぐに起きての繰り返しで……。どこかが痛いんだろうけど、どこなのかがわからなくて……どうしてあげたらいいのか……それもわからない。わかってあげられなくて……私、情けなくなっちゃうよ……」

佑里子さんが力なくつぶやいた。

眠りを誘う薬を投与してもしばらくすると泣きだしてしまう奈乃羽ちゃん。頭に敷いているアイスノンが冷たすぎるからなのかと思い、枕を変えてみたが、奈乃羽ちゃんの涙はいったん収まるもののやはりまた泣きだした。

敏哉さんは我が子に声をかけながら、身体中のすべての箇所をさすった。

「奈乃羽〜、どこが痛いかパパに教えて。奈乃羽〜……」

確かにどこかに痛みがあって、それを訴えかける泣き方だと、父である敏哉さんにも伝わってくる。しかしそれがいったいどこなのかは佑里子さんと同じく敏哉さんにもわからない。

「奈乃羽〜、教えて〜、パパに……教えて〜……」

敏哉さんの声は次第に涙でうわずっていった。

代わってあげられるものなら代わってあげたい。もし娘の痛みを引き継ぐ代償として、その痛みが何十倍、何百倍になると言い渡されたとしても、喜んで代わってあげよう。どんなにのた打ち回るぐらいの極限の痛みであっても、我が子が少しでも楽になるならばそれでいい。

「代わってあげたい。代わってあげたい……」

ずっと我が子のそばで支えてきた母の愛は強いが、父の愛もまた母同様に強い。

そんな両親の愛情を一身に受けている奈乃羽ちゃんはがんばっている。とてもとてもがんばって、懸命に生き続けている。

ふと視線を感じて顔を上げると、梨紗さんが敏哉さんを見つめていた。言葉はないが祈りを送ってくれている。憔悴《しょうすい》しきっているはずなのに、残り少ない力を振りしぼって。

「ありがとう。共にがんばりましょうね。愛する我が子のために」

敏哉さんもまた言葉には出さず、心の中でエールを交換した。


数日後の９月28日、痛みによる涙は収まったようだが、抱っこをしていても突然大泣きして呼吸も乱れてしまう奈乃羽ちゃん。

この日も佑里子さんは、面会時間が終了する間際まで奈乃羽ちゃんのそばを離れなかった。

奈乃羽ちゃんをベッドに戻してオムツを替えたり、浣腸をして便を促した。また看護師さんも痰を取ってくれたりして様子を見ていたが、奈乃羽ちゃんはずっと目を開けていて眠れないようだった。

「奈乃羽ちゃんの体調の悪い日が多くなってきているので、とても心配でしょう。気になるようならこれからは面会時間外であっても、連絡をいただければ会いに来てあげてもいいですよ」

担当医師から時間外面会の許可をもらえた。

面会時間は基本的に12時30分から20時までなのだが、仕事などでその時間にどうしても面会に来られないお母さんお父さんたちにも病院側は配慮し、時間外の面会を許可している場合もあった。

帰宅した夜、佑里子さんは家事を済ませてお風呂に入り、少しでも多く睡眠をとるために寝室へ向かおうとした。だが、やはり奈乃羽ちゃんの容態が気になって仕方がなく、病院に連絡して日付をまたいだ深夜1時に再び夫婦で病院へ向かった。

ナースセンターで看護師さんに声をかけてＮＩＣＵに入ると、奈乃羽ちゃんはまだ起きていた。夜勤だった東さんから、抗生剤が効いてきたこともあり熱の上がり下がりも落ち着き、ついさっきまではよく寝ていたと聞き、少し心が和らいだ。

母乳を湿らせた綿棒おしゃぶりを奈乃羽ちゃんの口もとに持っていくと、チュパチュパと音を立てながら吸いつく。その間、ずっとパパの右手の人差し指を握っていた。

「奈乃羽〜、これ飲み終わったら眠らないといけないよ〜」

敏哉さんがウトウトしながら話しかけている。今にも落ちそうになるまぶたを懸命に開き、左手で胸もとをトントンしながら、パパの手のぬくもりを我が子に伝える。パパは次第に小さな寝息を立てて眠ってしまったようなのに、トントンするその手だけは動いているのを見て、ママは微笑んだ。

家族の絆がさらに深まってきていると実感した深夜3時だった――。

「薬の影響なのか、奈乃羽のほっぺは膨らんで顔だけが大きくなった気もしましたが、そんな奈乃羽も可愛すぎるんです」

佑里子さんは当時のことを思い出すように目を三日月にし、敏哉さんに目をやる。敏哉さんも目を細めて少しの笑みを返した。

10月２日、奈乃羽ちゃんの身長が伸びなかったり体重もなかなか増えないので、血液検査で甲状腺ホルモンの数値を調べてみたら、かなり低かったことを医師から報告された。甲状腺ホルモンの数値が低いというのは成長していくためのホルモンが足りていないということだ。

「ステロイドの影響で甲状腺ホルモンの数値が上がってこない可能性もありますし、もしかしたら奈乃羽ちゃんの身体が今は必要ないと判断して分泌していないとも考えられます。どちらか判別がつかないのですが、足りていない甲状腺ホルモンの数値を上げる治療をこれからはしていきましょう」

佑里子さんは医師からの説明に耳を傾けた。

奈乃羽ちゃんの身体が大きくならなければ、なかなか肺も強くなってはいかない。この日から甲状腺ホルモンの数値を上げるための薬が開始された。

今日の奈乃羽ちゃんは落ち着いており、熱はあったがアイスノンを枕にすると気持ち良さそうに眠りだした。オムツ交換でもしっかりと便は排出していた。

夕方には敏哉さんが鮮やかなオレンジ色のベビー服を買ってきたので、早速看護師さんが奈乃羽ちゃんに着せてくれた。

「やっぱりサイズ、大きかったね」

「うん。でもありがとう。きっと奈乃羽も喜んでるよ」

「あっ、ホントや。奈乃羽、少し笑ったね」

「この大きいサイズの服を着てる奈乃羽も可愛い〜。奈乃羽、オレンジ似合うね。パパ、センスいいじゃん」

そう褒められて嬉しくなった敏哉さんは、オレンジ色の大きなベビー服を着た奈乃羽ちゃんを何枚もカメラに収めた。


10月6日、NICUに入ると奈乃羽はよく寝ていたが、呼吸の数値が80ほどしかなかった。熱もないのに脈や呼吸も早く、安定していなかったので少し酸素濃度の設定を上げてもらって様子を見ていたが奈乃羽の呼吸状態は変わらずだったので、浣腸とガス抜きをしてもらった。便はたくさん出たので少しは安定するかと思ったが、それでも安定しなかった。

一度は目を覚ました奈乃羽は、16時に予定していた眠りを誘う薬の投与でまた眠りについたが、いつもの熟睡時の数値とは全然違って脈や呼吸は早いままだった。酸素濃度の設定を50にしてもらって、やっと呼吸の数値が90になったが、酸素濃度の設定を下げるとまた呼吸の数値が下がってしまう。熟睡しているときなのにこの数値は悪すぎるので、とても心配でならなかった。

でも奈乃羽はスヤスヤと寝ていたので「夜中にまた来ます」と言っていったん病院を出て帰宅。

深夜０時30分、夫と病院へ行ったら酸素濃度の設定は50のままなのに呼吸の数値は90を切ったりしていた。脈と呼吸の早さは落ち着いてくれていたが、呼吸の数値がずっと悪いので心配でならない。

なんとか身体が大きくなって肺が強くなってほしい………。

本当に無事に奈乃羽が大きくなれるのか、とても心配で仕方がない………。

―佑里子さんの手記より―

ここでの〃呼吸の数値〃とは酸素飽和度のことで、90％を切ると危険値とされる。そして血液中の酸素濃度は高いほうがいい。

奈乃羽ちゃんの場合、機械による酸素濃度の設定を高くしなければ呼吸の数値が上がらない。肺がしっかりと機能していくようになるのにはまだまだ時間がかかる。身体に伴い肺も成長してくれるのを、佑里子さんと敏哉さんはどんなに時間がかかろうがいつまでも待つしかなかった。

寝ている奈乃羽ちゃんの手のひらをマッサージしてあげると、眠りながらも奈乃羽ちゃんは気持ち良さそうな表情を浮かべる。口の周りをきれいに拭いてあげていたら目を覚ましたので、敏哉さんが綿棒おしゃぶりを口もとに運んだ。奈乃羽ちゃんは楽しそうにずっと綿棒を吸いながらママとパパとの時間を過ごした。

「こんなにいい表情を見せてくれる奈乃羽なんだから、絶対に絶対に絶対に大丈夫だよ」

敏哉さんの強い言葉に佑里子さんも深く頷いた。

面会終了の時間になったので、ウトウトと眠りにつこうとしている奈乃羽ちゃんの頬にチューをしてふたりはＮＩＣＵをあとにする。

帰り道、自宅近くのうどん屋で麺をすすりながら、奈乃羽ちゃんの疾患に関する不安要素の話はいっさい封じ、どんなに些細なことでもいいからプラス要素だけを語り合った。

「甲状腺ホルモンの数値は必ず上がってくるよ」

「だね。そうそう、奈乃羽の体重が２４６７グラムになったんだよ」

「そのうち、あのオレンジ色のベビー服も小さくなってしまうんだろうね」

「じゃあまた、私が徹夜して手作りするか」

佑里子さんの小さなガッツポーズを、敏哉さんは頼もしく感じながら微笑んだ。

13

10月８日、今日の奈乃羽ちゃんは佑里子さんが頬や顎を触っても熟睡だった。

「今日も可愛い奈乃羽と一緒にいられる〜。ママ、幸せだよ」

佑里子さんは奈乃羽ちゃんの頬にチューをした。

東さんと一緒にオムツ交換をして仰向けにしてあげたところ、奈乃羽ちゃんの左足から入れていた点滴が漏れ出していたのを佑里子さんが気づいた。約１カ月も入っていたので針を入れていた穴が大きくなってしまっていたようだ。

医師が点滴の針を少しずらした箇所から入れ直す。その際も奈乃羽ちゃんは泣いたりすることがなかったので点滴の針はスムーズに入った。数カ月前までは点滴の針を入れるのも一苦労で、１時間以上かけても入らなかったこともあった。

「その頃のことを思えば、奈乃羽は少しずつではあるけど成長していて、私たちを喜ばせてくれていたんです。ホント、親孝行な娘でしょ」

佑里子さんは少し声を弾ませた。

10月2日から始めていた甲状腺ホルモンの数値を上げるための薬が1週間経っても効かなかったので、いったん薬はやめて後日検査をすることになった。この日の奈乃羽ちゃんはお腹が空いていたのか、眠りを誘う薬を投与したあとなのにずっと綿棒おしゃぶりをチュパチュパと美味しそうに吸っていた。

「奈乃羽〜、今日はよく飲むね。賢いね〜。いっぱい飲んで大きくなってね」

ようやく空腹が満たされたのか、奈乃羽ちゃんはその後はスヤスヤと眠りについた。いつものように奈乃羽ちゃんをトントンする。佑里子さんも日々の看病でかなり疲れていたようで、奈乃羽ちゃんのベッドに顔を預けていつしか寝落ちしてしまっていた。どれくらい母子で眠っていたのだろうか。佑里子さんは病院に到着した敏哉さんに声をかけられるまで、奈乃羽ちゃんの小さな手を握ったまますっかり夢の中にいた。

「ほっぺたに跡がついてるよ」

敏哉さんは笑った。寝起きの佑里子さんも、シーツの跡がついてしまった頰を触りながら照れ笑いを浮かべた。

「ここで笑い合えるって、なんかいいな」

一日の中で最も長い時間を過ごしているＮＩＣＵ。これまではこの場所でたくさんの涙を流してきたが、今では笑顔も見られる密かな家族団らんの場。お互いを労《いたわ》り、心を触れ合わせることのできる思い出の詰まった部屋に変わっていた。

「いつかこの思い出を奈乃羽に教えてあげられる日が来るのが楽しみだね」

そう言って佑里子さんは再びシーツの跡が残る頰をこすった。

ようやく秋らしい陽射しになってきた10月12日。この日も医師との面談があった。

少し前まで甲状腺ホルモンの数値を上げるための薬を投与していたが、それによって奈乃羽ちゃんは自身で作り出していたホルモンを分泌しなくなっていた。そのため、今後もその薬はやめたままで奈乃羽ちゃんがまた自らホルモンの分泌をできるよう様子を見るとの説明を受けた。

確かに数日前に奈乃羽ちゃんの腕や脚の長さをメジャーで測ってみたときも、以前と比べてほとんど伸びていないことがとても気になっていた。

「今は治療法がないので、なんらかのタイミングで成長してくれるのを待つしかないです」

そう医師から伝えられ、もうこれ以上成長できなかったらどうしようという不安感を抱いてしまうがなんとか拭い去る。

「まだ成長できないと決まったわけじゃない。必ず奈乃羽は成長してくれる。先生方も全力を尽くしてがんばりますと力強く言ってくれたのでまだまだ望みはある。奈乃羽を信じて見守っていこう」

希望を抱き、前だけを見ることを夫婦で誓い合った。

10月18日には佑里子さんの母が久しぶりに奈乃羽ちゃんに会いに来てくれた。年々歳老いていく母は気丈に振る舞い奈乃羽ちゃんとコミュニケーションをとっている。手のひらや足の裏をこちょこちょと触っては声をかけ続けた。

「なのちゃ〜ん。おばあちゃんでちゅよ〜。覚えてまちゅか〜」

年齢のわりに母の声はよく通り、そしてよく喋る。

「なのちゃんが退院して大きくなったら、いろ〜んなところに行こうね〜。姫路セントラルパークに行こうか。王子動物園に行こうか。夏になったら淡路島に行ってい〜っぱい遊ぼうね〜。なのちゃんの目の前の景色をおばあちゃんが一つひとつぜーんぶ丁寧に説明してあげまちゅからね〜」

いつまでも元気に話しかけているおばあちゃんの声を聞いて、奈乃羽ちゃんは少し不機嫌な表情になった。

「あれ？　機嫌悪くなっちゃった？　でも、そんな顔するなのちゃんもとってもとっても可愛いでちゅよ〜〜」

そばを通りかかる看護師さんたちも、佑里子さんの母のマシンガントークに笑いそうになるのを懸命にこらえていた。

「そうそう、どこかに出かけた帰りにはおばあちゃんのうちに泊まろうね～。おばあちゃんが一緒に寝てあげまちゅからね～」

佑里子さんの母は喋り続けながら、頭の中で想像する。孫と手を繋いでいろんなところで遊んでいる。奈乃羽ちゃんがキャッキャキャッキャと夢中で楽しんでいる。その姿を思い描くうち、次第に目頭から熱いものがこぼれ出した。

敏哉さんがまだ海外出張から帰ってきていないので、夜は佑里子さんと一緒に食事をして、そのまま泊まった。

深夜、布団に入って目を閉じているのに母は相変わらずよく喋る。

「あのね～、佑里子、あんまりこんなことは口にしないほうがいいのかもしれないけど……」

「じゃあ、言わなくていいじゃん。遅いからもう寝ようよ」

日々の看病で疲れの溜まっている佑里子さんは寝返りを打ち、母に背を向けた。

「実は私ね、いろ～んな神社仏閣でなのちゃんが元気になれますようにって、手を合わせに行ってるの。今までいくつ行ったかわからないくらい足を運んだわ」

母の話はいつも長いので、聞いているといつまでも寝られない。佑里子さんは眠ったふりをして、相槌も打たずにわざと寝息を立てだす。

でも母は部屋の天井を見つめながら喋り続けた。

「ある人に聞いたことがあるのよ。あまり御利益《ごりやく》ばかり願っていたら、後々そのツケが自分に返ってくるって……。まぁそれを言ってくれた人はお坊さんじゃないんで、本当かどうかはわからないんだけど……。でも、本当だとしても私はいいのよ。なのちゃんが元気になってくれるのなら、私はどんな厳しいツケが返ってきてもへっちゃらだから。なのちゃんが元気になれるんだったら、私のこの命、喜んで捧げさせてもらうよ。ただ、ひとつだけ私の願いを叶えてほしいな〜。なのちゃんとね、手を繋いでどこかに遊びに行きたいなぁ〜。なのちゃん……なのちゃん、なのちゃん……」

孫を思い、おばあちゃんはしくしくと泣いた。

佑里子さんもなるべく音を立てないように鼻をすすって、こぼれ落ちる涙で枕を濡らした。

「なんだか照れくささとかもあって、これまでお母さんにはちゃんとお礼を言えていなくてごめんなさい。お母さん、いつも奈乃羽のことを思ってくれてありがとう。私はお母さんの子どもでよかったです。私を生んでくれてありがとう。奈乃羽のおばあちゃんでいてくれてありがとう」

佑里子さんは心の中だけで、母に感謝の気持ちをつぶやいた。

そして、母にパワーをもらった翌日の手記には、ついに気管切開の手術をすることに決めた心情が綴られている。

10月19日。以前から気管切開をしたほうが奈乃羽にとっては楽なのではという話を耳鼻科の医師から聞いていて、その手術の日程は夫が帰国してから決めることにした。気管切開は正直言って辛いけど、それで奈乃羽が楽になってくれたら私たちは嬉しい。奈乃羽のために私たちは全力でがんばる。

病室に入ったら奈乃羽の手足がすごく冷たくなっていて、便汁も多くお腹を下している状態だった。奈乃羽を抱っこしていると熱が出だしたのでアイスノンで冷やした。しばらくしても下した状態は続いていたので看護師さんに見てもらったら「この便はおかしい」とすぐに先生を呼んでくれて、便を検査に出してくれた。

身体は熱っぽいのに手足は冷たくなっているままだったので、手袋と靴下をしてあげたがまったく温かくならなくて心配になり、面会終了の20時まで奈乃羽のそばにいて「またあとで来るね」と言って病室を出た。

深夜0時頃、奈乃羽の様子を見に病室に戻ると、やはり感染していたようで抗生剤を投与してもらってブドウ糖の点滴も入れてもらっていた。奈乃羽の状態はあまり良くないみたいだが、呼吸が安定してきたのでホッとした。なんとか良くなってほしい……。

―佑里子さんの手記より―

以前、佑里子さんが担当医師から気管切開の話を聞かされたときは、

「また手術をしなければならないのが怖かったし、一生呼吸器を外せなくて気管切開のままになったらどうしよう……」

という不安でいっぱいになり、抵抗があった。

だが、NICUには気管切開をした赤ちゃんがいて、その両親に話を聞いてみると、

「すごく悩んだがして良かった」とのことだった。気管切開をしたことで、声は出せないが口は自由に動かせ身動きもとれるようになったのだそう。

「その赤ちゃんより身体はかなり小さいですが、少しでも奈乃羽が楽になるなら、と思って決心しました」

と佑里子さんは当時を振り返る。

また敏哉さんも、

「奈乃羽が退院できるなら、全盲であろうが気管切開していようが、今の僕は嬉しい。奈乃羽のすべてを夫婦でフォローしようと思ってました」

と力強く語った。


10月20日。高カロリーの点滴を入れる処置のため、搾乳をしたあとは病室の前

で待っていた。13時20分に病室に入ったが、奈乃羽は起きる元気もないのかずっと寝ていて、処置のときも泣くこともなくグッタリとしていたみたい……。どこからきた感染なのかわからないので、感染の数値が下がったとしても便汁が治まるかはわからないみたい。

さっきやっと足に末梢の点滴のルートが入ったところなのに、それが漏れてしまったので今度はお腹に入れることになった。これからオムツ交換が大変になってしまうけど無事に入って良かった。

夕方には少し手足の冷えがマシになったが、奈乃羽はまだまったく起きなかった。夜、夫を迎えに関空まで行って病院に戻った。奈乃羽はずっと寝ていてやっぱりかなりしんどそうだった。奈乃羽に声をかけて手足を温めてあげて深夜２時20分に病室を出た。

―佑里子さんの手記より―

医師からの説明では、まだ血液と便の細菌検査の結果が出ていないので断定はできないが、奈乃羽ちゃんの状態がかなり悪いのは腸炎からくるものではないか、とのことだった。そのため、整腸剤と抗生剤を投与してしばらくは絶食にして様子を見ましょうと提案された。

さらに奈乃羽ちゃんは尿があまり出ていないので、身体がむくみだしていた。佑里子さんが口の中や周りをきれいにしてあげてもまったく起きずにぐったりとしている。体温も血圧もずっと上がらなかったので、厚めのタオルを掛けたりもしたが変化はない。

仕事を終えてやってきた敏哉さんも愛しき我が娘に声をかけ続けていたが、その父の声にも反応することはなかった。

しかも翌日の奈乃羽ちゃんは昨日よりむくみがひどくなっており、身体中がパンパンになった。朝方にほんの少しだけ尿が出ただけで、その後も2~3時間で10 ccほどしか出ない状態が続いている。

「オシッコが出れば少しは楽になるんだろうけど……」

不安なまま佑里子さんが奈乃羽ちゃんの唇を潤してあげていると、微々たる反応ではあるが舌先で口の周りをペロペロしだした。

「奈乃羽……ママに気を遣ってくれているの……ありがとう。でも今は無理しないでゆっくり休んでいてね……」

血液と便の細菌検査の結果では疑わしい菌が出てこなかったようで、奈乃羽ちゃんの感染はどこからきているのかはまだわからなかった。

佑里子さんが深夜にもう一度病院に行くと、奈乃羽ちゃんの呼吸状態がかなり悪くなっていた。酸素濃度の設定を90まで上げても安定しない。

奈乃羽ちゃんの唇や舌先が切れて血がにじんでいたので、佑里子さんは湿らせたガーゼを当てる。むくみで身体はまったく動かせず、少しの尿は血尿になり血便まで出てしまっていた。

「奈乃羽がかわいそうすぎて、胸が痛かった……。むくみがどうしたらマシになるのか、なんとかしてあげたい。でも、なにもできなかった……」

そう言って、佑里子さんは膝もとにおいていたハンカチをギュッと握りしめた。

重い気持ちのまま帰宅したこの日も、深夜2時を回っていた――。

14

10月24日。呼吸の数値がかなり下がりだしたので、酸素濃度の設定は最大の100に設定された。それでも警告を知らせるアラームは、奈乃羽ちゃんの枕もとで鳴り続けていた。尿もほとんど出ていない。

今日から24時間面会してもいいという許可が出された。午前中は診察や入浴があるので12時30分まではで面会できないのだが、許可が出ると午前中から、また午後の診察中でもずっと子供のそばにいられるのだ。

それが許可されたということは……。

佑里子さんはすぐに敏哉さんに連絡をとった。

敏哉さんが到着してしばらくした頃、医師に呼ばれてふたりは面談室に入る。現在の奈乃羽ちゃんの疾患状態を説明されたあと、敏哉さんはいつになく感情的になって語気を強めた。

「もっといろいろとできることはあるはずだから、なにか治療法を考えてほしい」

言葉を選びながらではあるが、目の前の医師を睨みつけて訴えた。先生方が奈乃羽ちゃんの状態が少しでも回復に向かうよう懸命に手を尽くしてくれているのは理解している。しかしこの行き場のない感情をどうしても抑えることができなかった。

「今はとにかく奈乃羽ちゃんが尿を出して乗り越えてくれることを祈りましょう」

医師は冷静に告げた。

奈乃羽ちゃんのベッドを囲む佑里子さんと敏哉さん。

「いつ山がきてしまうかもしれないので奈乃羽ちゃんを抱っこしてあげてください」

そう伝えられてはいたが、今ここで抱っこをすると本当に「山」になってしまいそうな気がして、ふたりは我が子を抱くことはしなかった。優しく優しく、いつまでもいつまでも、奈乃羽ちゃんのむくんだ全身を撫で続けた。

「そろそろ仕事に戻らないといけないから、パパ行ってくるね……」

敏哉さんが奈乃羽ちゃんの寝顔に自分の顔を近づけて囁いた。そして佑里子さんに向かって、

「あの～……さっきは面談室で感情的になってしまってごめんね」

と謝り、バツが悪そうに目をそらした。

「ううん。いいの。実はあのとき、びっくりしたけどすごく嬉しかった。奈乃羽のためを思ってくれてありがとう」

「……そらそうやろ。パパやねんから」

敏哉さんは恥ずかしそうにうつむき加減のままＮＩＣＵを出ていった。

佑里子さんの目に映る敏哉さんの後ろ姿は、父としてのたくましさと、そして大きすぎる苦悩を抱えている寂しさが入り混じって見えた。今からまた仕事の現場へと戻るが、そこでは何事もなかったように悲しみや苦しみのすべてを封印して、笑顔をもってたくさんの人と接するのだろう。

「奈乃羽のパパはとても素敵なパパだよね。かっこいいパパだよね……」

佑里子さんは奈乃羽ちゃんのおでこに自分のおでこをくっつけながら囁いた。そしてその後は仮眠をとりながら、ずっとずっと奈乃羽ちゃんのそばにいて朝を迎えた。

翌日も、奈乃羽ちゃんはむくみが原因で皮膚が赤くなっていたり切れていたりした。

また、酸素濃度の設定を100まで上げているのに呼吸の数値は80を切ってしまうこともあった。

敏哉さんが声をかけても反応はない。東さんは勤務日ではないのに心配して病院に来て、ずっと奈乃羽ちゃんのことを見守ってくれていた。

「尿管に通した管にはまったくオシッコが出ていないし、漏れているのかなぁと思ってオムツを確認しても出ていなくて……。そんな奈乃羽の姿がとても痛々しくて……」

佑里子さんはその言葉を発したあと、しばらくの間、膝もとで握っていたハンカチを見つめながら黙り込み、とても浅い呼吸を繰り返して瞳に涙をためた――。

10月26日。奈乃羽の呼吸状態がどんどん悪くなっている。ずっとアラームが鳴っている。どうしよう……。奈乃羽の頭をずっと撫で続けていたら呼吸の数値は84〜85ぐらいまで上がってくれたけど、よくオエオエとえずいていてそのたびに呼吸の数値は下がっていく。

オシッコはオムツに少しずつ漏れているのでまったく出ていないわけじゃないけど、先生からは2〜3日後もほとんど尿が出ない状態が続くと危ないかもしれないと伝えられた。

夕方、お母さんが来てくれた。私が「もうダメかも……」っていう連絡をしてしまったから心配して来てくれて……。今すぐどうってことじゃないのに、お母さんに心配かけさせてしまってホント申し訳ない……。

19時頃、今日も休みなのに東さんがまた来てくれた。それまで呼吸が乱れていてアラームが鳴っていたのに、東さんが来たら呼吸が少し安定した。東さんの声を聞いて奈乃羽は安心したのかも。「少し早いけど」と言って9カ月バースデーのカードをもらった。ハロウィンのカードで今回もとても可愛く作ってくれていて、本当に感謝しています。

夜、仕事を終えた夫が到着したので、0時ちょうどに看護師さんたちと奈乃羽の9カ月birthdayを祝った。

みんなありがとう。本当に本当にありがとう。奈乃羽、9カ月おめでとう。

—佑里子さんの手記より—

「10月28日にはときどきじゃなく、ずっとえずいていて、そしてすごくグッタリとしていて……」

佑里子さんはようやく言葉を絞り出した。

「呼吸の数値も数日前までは80ぐらいになると低すぎて怖かったのに、このときは80でもとても嬉しくなっていました」

と振り返る。

喉に絡んでくるタンが奈乃羽ちゃんを苦しめ、身体もむくみによる影響で皮膚の重なった箇所が真っ赤にただれてしまっており、薬を塗っても効き目は現れてくれなかった。

尿も少ししか排出されず、また便やガスはまったく出ない状態になっていた。そのためお腹が張るので肺を圧迫し、呼吸もしにくい。早くむくみがとれなければ奈乃羽ちゃんの肺はもたなくなってしまう。

えずき続ける奈乃羽ちゃんを佑里子さんは少しでも楽になるよう横向きにしてあげる。看護師さんが圧のかけやすい手動の呼吸器に替えてタンを取ってくれるが、なかなか思うようには取れない。それでも懸命に処置をする看護師さん。ようやく喉の奥に引っかかっていた大きいタンが取れると、奈乃羽ちゃんはスヤスヤと寝始めた。

だが、しばらくするとまたえずきだしてしまう。

予定していた気管切開の手術をする体力もない状態が続く奈乃羽ちゃん。

翌日には、夫を呼ぶよう医師から声をかけられた。いくら酸素濃度を高く設定しても奈乃羽ちゃんの呼吸の数値は75前後までにしか上がらなくなっていた。

佑里子さんは病院へ来た敏哉さんと共に面談室に向かう。

「呼吸の数値も日々下がってきているし、皮膚もただれてかなり痛いはずだから、奈乃羽ちゃんにいつなにがあってもおかしくない状態です」

という厳しい話を聞かされた。

奈乃羽ちゃんのベッドのそばでふたりは我が子に声をかける。

「奈乃羽〜、よくがんばってるね〜。奈乃羽〜、大好きだよ〜。大好きだよ〜……大、好き……だよ……」

ふたりは声を詰まらせながらも奈乃羽ちゃんに愛を届け続けた。

そのとき、ベッドのそばを遥くんが通った。

「……遥くん」

10月29日。この日は遥くんがお空に帰る日。遥くんはママとパパと初めてお散歩する日。

佑里子さんは梨紗さんと目が合った。涙を拭って笑顔を浮かべ、

「親子３人、楽しんできてね」

と心の中で声をかけた。梨紗さんも笑顔を返す。

外は秋晴れの爽やかな陽射しが病院を包み込んでいた――。

この日を迎えるまで、梨紗さんも竜太さんも苦しんでいた。

「遥の目はものを認識できない。そして感情もない。でも痛みだけはあると医師からは伝えられています。確かに呼吸器を抜いてあげたほうが、私たちは悲しすぎるけど遥にとっては楽なのかな……と夫婦で話し合っていても、そう簡単に決断はできませんでした……」

望みを託して行ったセカンドオピニオンでの検査結果も、やはり医師からの言葉は同じであった。

「遥くんは今、とてもしんどい状態が続いています。遥くんにとってなにが一番幸せかを、期限など気にせずゆっくりでいいので、どうか考えてあげてください。あなたたちご夫婦の悲しみ苦しみは、私も子を持つ親なのでとてもよくわかります。心の整理なんてつくはずがありません。でも、遥くんもおふたりと同様に痛み苦しみの中で日々を送っているのですよ」

梨紗さんと竜太さんは頬を伝う涙が止まらない中で「……はい」と小さく頷いた。

「気管切開をして自宅に連れ帰って、私たちが気づかないうちにお空に帰って悲しみに打ちひしがれてしまうより、少し距離のある遠足に行っていると思おうよ……」

涙ながらに夫婦でそう決めて、これから少しずつ心の準備をしていく約束をした。

梨紗さんは遥くんを抱っこした。まだ涙は止まらない。いつも遥くんと接するときは明るいママでいることを心がけていたが、遥くんを泣きながら抱っこしたのはこのときが初めてだった。

涙で目がかすみながらも遥くんを見つめていたそのとき、遥くんの右目から一粒の涙がこぼれた。これまではあくびをした際に涙が出ることは幾度かあったが、なにもない状態では初めて。

「ママが遥を抱っこして泣いてしまったから、遥も悲しくなっちゃったんだよね。ごめんね。私の気持ち、通じているのかな……」

悩み苦しむ梨紗さんが遥くんをお空へ遠足に送る決断に至るまでの心情を綴った手記が、僕の手もとに届いた。


７月後半の面談でふたつの選択肢から選ぶことを聞いて、決断できたのは９月の後半になってしまった。この２カ月の間、どちらの選択肢も、何度も何度もイメージしてみた。

それでも答えは出ず、私だけではなく家族も苦しい表情をしていた。

「選択をする」ではなく、ただ「青白くなっていく遥の顔を見たくない」「一分一秒でも遥のそばにいたい」という気持ちだけがあり、なかなか決断することができなかった。

主人は8月に入った時点で私にこう言った。

「遥をお空に返してあげたい。だって本来、生きていて感じられる幸せを、遥は感じることができない。苦しいだけの思いをさせるのか？　痛い思いだけをずっとさせるのか？」

だけど私は、頭ではわかっていても気持ちの中では遥と離れたくないって思っていた。

とはいえ、家に連れて帰っても24時間体制の付きっきりで、トイレにもなかなか行けない。夜も寝てはいけないという生活がずっと続く。少し目を離したすきに、遥がお空にいってしまうかもしれない。

一緒にいたいけども、一緒に過ごしていけるのだろうか？「なんとかなる」では遥に申し訳ない。遥の命、人生がかかっているので、しっかりと考えなくてはいけない。

家に連れて帰ったとして、手を貸してくれるところはないだろうか？　遥の病気が治るきっかけが見つかるまで、どこかの病院で診てもらえないだろうか？なにかいい方法があるのではないか？

そんなふうにずっと考えていた。

主人はもう決断していて、私も早く結論を出さなくてはと焦っていた。

私の両親の気持ちも、お空へ帰す選択へ向いていた。

「もし日中預ける場所があって見てもらえたとしても、このご時世、この子は声も出せないし、感情がないから大丈夫ってご飯を後回しにされたり、オムツを替えてもらえなかったりする可能性はないとは言えない」

そう指摘され、想像するだけでも胸が苦しくなってしまう。

他人から見ても、その頃の私は焦りばかりで、遥のことしか見えていなかっただろう。

ある日、遥を抱っこして、遥の涙を見たときに、遥はもう決めているんだな……と気づいた。ママだけが決められてないんだな……と。

そのときに、私の一方的な思いではなく、遥の幸せを、遥が一番望むことをしっかりと考えなくては、と感じた。

お家へ連れて帰って、幸せな時間をたくさん過ごしていても、介護の大変さからほんの一秒でも「連れて帰らなければよかった」と後悔してはいけない。それでは、遥が悲しむ。

もし私が遥の立場だったら、母親が私の命で悩んでいたら……。

私はお母さんの笑顔が見たい。きっとお母さんが笑っていることが一番の幸せだと思うに違いない。

みんなの温かい笑顔に包まれて、みんなの幸せな空気の中でお空に帰りたい。

私はそう思ったのだ。

痛いだけの人生を送り続けるよりも、脳の大事な部分を忘れて生まれてきた遥をお空へ帰し、その忘れ物を取りに遠足へ行っていると信じることにしよう。

遥の一番の幸せだけを優先して決断した私の想い。

それが100％正しいわけではないけれど、私たち家族にとっては一番良い選択をしたと思っている。

どうか、私のこの決断、そして遥の尊い命が、広い世界の中で同じ苦しい思いを抱えている人々の少しでも救いになればと、祈り続けます。

遥、元気でね。

また会おうね。

でもママ、涙が止まらないよ……。


―梨紗さんの手記より―


遥くんを見送るまでの間、梨紗さんは体力の続く限り我が子に尽くした。

意識なく眠り続ける遥くんのベッドの周りに並べられているフェルトの手芸品は、これまで梨紗さんが毎日夜遅くまで作り続けていたもの。

遥くんが抱きかかえられるサイズにしたお月さま、ロケット、イルカ、それにＬＯＶＥとプリントしたハートのクッション。月のバースデーのときに縫い上げたケーキ。最後の誕生日プレゼントとしてメリーも作成していた。そして遥くんの腕には、動くと鈴が鳴るようにとフエルトのブレスレットがつけられていた。

「遥が反射で動いて鈴が鳴ると、そばにいる看護師さんたちも、遥くん動いたね～って声をかけにきてくれて、なんだか嬉しくなっていました」

他にもベッド周りに置ききれない手芸品が、自宅にはたくさん並んでいる。遥くんがいつ自宅に帰ってきてもママの愛で包まれているような、とても素敵な部屋になっていた。

そして10月29日の２週間ほど前から、遥くんの容態は変わり始めた。

遥くんは生まれたときから低体温症で、通常の体温は35℃ぐらいだった。だから服を２枚着せて布団も２枚重ねにし、手袋や帽子を着用したりして体温を維持していた。だが、この頃は急に体温が37～38℃ぐらいにまで上がりだし、ゼイゼイと苦しむようになる。脈も通常は１４０～１５０ぐらいだったのが、１９０を超えてしまうことも多くなった。もし痙攣が起きればてんかんが出てしまうという危うい状態だ。

「遥くんの体力の限界もあるので、お空に帰る日を１週間ほど早めますか？」

医師はとても聞きにくいことではあったであろうが、梨紗さんと竜太さんの前で慎重な口ぶりで聞いた。

最後に遥くんになにをしてあげたいかということを事前に挙げてもらっていて、それを計画通りにしてあげたい。突然の別れだけはさせたくないとの思いが医師にはあった。

「……いえ……29日でお願いしたいです。遥は……絶対にその日を迎えるまでがんばってくれるたくましい子だと私たちは信じていますから……」

梨紗さんは医師に深く頭を下げた。

遥くんは本当にたくましい子だった。身長49㎝、体重2814グラムで生まれ、NICUにいるこの4カ月で、身長が57・5㎝、体重4491グラムにまで、ママの母乳で成長した。

そしてママとパパの希望どおり、4カ月バースデーとなる10月29日までがんばった。


「ずっとNICUにいる遥に、外の風と太陽の光を浴びさせてあげたい」

これが遥くんに最後にしてあげたいことだった。

しかし遥くんの体温は日々変動するので、その望みは叶えられないかもしれない。もし10月29日の気温が低く、遥くんの体温が急激に32℃以下まで下がると、散歩途中で突然の別れとなってしまうこともある。

そうならないようにあらかじめ副看護師長さんが遥くんの体重と同じ重さ、体温と同じ温度のお湯を準備し、どれくらい外で散歩できるかを何度も実験してくれていた。

「よほど気温が低い日でなければ、20分間は大丈夫です」

梨紗さんと竜太さんは遥くんの容態が良いことを祈り、また当日の天気を祈った。

前日の夜には、真一くんを連れた真紀さんと純一さんが、遥くんに渡すメッセージボードを病院まで持ってきてくれた。佑里子さんや敏哉さん、またＮＩＣＵで出会ったママ友たちや看護師さんたちも、そのボードにそれぞれの思いを込めたメッセージを遥くんに綴った。

とても可愛く作られているそのメッセージボードには遥くんのたくさんの写真と、たくさんの言葉が貼ってあった。

遥くんへ
果穂ちゃんのことをお姉ちゃんみたいに思ってくれてうれしかったよ。
今までも、これからも遥くんと果穂ちゃんはずっとずっと一緒だよ♡
ママとパパのことをどんなときも見守ってそばにいてあげてね♡
真紀より

だいすきな遥くんへ

4かげつのおたんじょうびおめでとう！

はるくんのおうえんでたくさんゆうきをもらって、かほちゃんはがんばることができたんだよ！　ありがとう！

はるくん、うまれてきてくれてありがとう！

はるくんにであえて、ほんとうにしあわせだよ！

またあえるひをたのしみにまってるね！

かほちゃん、しんちゃんパパより

はるくんへ

4カ月お誕生日おめでとう！

はるくんの動かす手が好き！　プニプニの手が好き！

でも一番好きなのが「あくび」めっちゃかわいい！

おじちゃんのこと、覚えててね。おじちゃんも絶対に忘れないから。

はるくん、またね！

奈乃羽パパより

そこには、奈乃羽ちゃんからのメッセージもあった。


遥くん！

ママとパパの愛がいっぱい溢れているベッドで寝てる遥くん。その横顔を毎日見れて嬉しかったよ！

遥くんと出会えて良かった♡　わたしの魔法のステッキを目印に、また遊びにきてね！

ずっとずっとずっと、お友だち♡

奈乃羽より

佑里子さんが代筆した奈乃羽ちゃんからのメッセージの隣には、ずっと仲良くＮＩＣＵで過ごしていたみんなの写真が輝いていた。


そして、ついに10月29日がやってきた。

親子での初めてのお散歩。最初で最後のお散歩。まずは美容師である竜太さんに髪の毛をカットしてもらう遥くん。

「遥、パパがカッコよくしてあげるからね」

パパは手際よく、そして丁寧に我が子の髪をカットしていく。そして夫婦で遥くんをお風呂に入れる。

「遥、気持ちいいかい〜。また風呂上がりに髪の毛を仕上げてあげるからね〜」

パパは再び我が子の髪にたくさんの愛を含ませて整えた。

何日も前から携帯電話で10月29日の天気予報を検索しては、晴れを示す太陽のマークを確認していたが、本当に晴れてくれるのかママが少し不安になって病院の外に出た。

「わーっ！　雲ひとつない！　すっごくいい天気！」

澄み渡った青空を見上げたまま、梨紗さんは大声を響かせた。

「太陽さーん、ありがとーーっ！」

太陽は眩しいくらいに光を放ちながら、親子3人を待ってくれていた。


コットに乗った遥くんとママとパパは、予定していた病院の5階にある庭園に向かう時間を迎えた。

NICUを出るときに奈乃羽ちゃんのそばにいた佑里子さんと目が合った。佑里子さんは流していた涙を拭って頬を和らげ、精いっぱい微笑んでくれた。

「親子3人、楽しんでくるね」

梨紗さんも心の中で声をかけて、佑里子さんに微笑みを返す。

５階に向かうエレベーター内で遥くんがびっくりしたような表情を浮かべた。

「なに？　なに？　いまからどこにいくの？」

そんなふうに言いたげな顔をして片目を開いた。

遥くんはこれまでにも片目だけは開くことがあった。そして遥くんに感情はないと医師からは聞かされていたが、この表情を見るとなにかを脳で感じているとさえ思えてきた。

扉を開けて庭園に出ると同時に、爽やかな風と心地よい太陽の光を親子３人で感じ合う。

「遥、今から親子３人で初めてのお散歩だよ。楽しもうね」

ママは遥くんの頬を撫でながら、身体の隅々にまで染み渡っていくようゆっくりと言葉を伝えた。そのときにまた遥くんの片目が開いた。

しばらくお散歩を楽しんでいると、大空で輝く太陽が庭園に現れた小さな主役を歓迎しているかのように鮮やかに照らした。遥くんは「眩しい」という表情になってぐっと目を閉じる。そして次の瞬間、遥くんはしっかりと両目を開けたのだ。

「えっ？　見て見て！　遥が！　遥が！　両目を開けたよ！」

遥くんを撮影していたパパも、そして付き添っていた看護師さんたちも、みんなが驚いた。医師からはずっと、

「自分の神経で、なにかを動かすことはできないです」

と言われていた遥くんは今、みんなの目の前で太陽の光を感じ、そよ風を感じ、ママとパパの愛を感じ、見守ってくれている看護師さんたちの優しさを感じ、自らの力で両目を開けた。

動画を撮っていたパパの手が大きな喜びに包まれて震えだした。ママは思わず遥くんを抱きしめる。

「遥〜！　すごいね。自分で両目を開けたんだね。すごいね〜」

遥くんは口を大きく開いてあくびをした。そのときにまた、一粒の涙が頬に流れた。

「遥、嬉しいんだね。遥が伝えたいこと、ママにはわかるよ」

ママはその涙を覆うように、自分の頬を我が子の頬に重ねた。

遥くんの傍らにはママがフエルトで手作りした携帯電話と、「自宅↑↓お空」の往復切符の入った手作りの定期入れが用意されている。

「遥、もし寂しくなったら、この携帯電話でママにかけてきてね。いつ電話してきてもいいからね。一緒にたくさんお話ししようね」

梨紗さんは遥くんの頬を撫でながら言葉を続けた。

「いつでも帰ってきてね。遥、待ってるよ。お部屋は遥が帰ってきても寂しくならないように、たくさんの手芸品で遊べるようにしているからね。ママ、い〜っぱい作ったんだから」

そう言ってママは再び我が子の頬に自分の頬をすり合わせる。

パパもママに撮影を代わってもらって我が子を抱きしめた。

「遥、寒くないかい？　パパが温かくしてあげるからね。ママとパパの、ぬくもり、忘れないよね……。遥……遥……」

我が子を抱きしめながら、パパは何度も言葉を詰まらせた。

太陽の光を浴びながら遥くんがゆっくりと頷いたように、ママとパパには見えた。


お散歩を終えて病室へと戻り、呼吸器を外す時間を迎え、そして呼吸器を外す。

遥くんはその後もずっとママ、パパと親子の時間を楽しんだ。

親子で飴をなめて、アンパンマンのビデオを観て。ママ、パパと心の中で会話して。

「このままだったら、お家に連れて帰れるよね」

ママとパパは見つめ合って笑った。

そして、泣いた。

呼吸器を外して1時間半が経過した頃、遥くんはお空へと帰っていった。最後の最後まで親孝行をしてくれた。

ママは我が子を力の限り抱きしめた。

いつまでもいつまでも強く抱きしめた我が子を離さなかった。

家族で最初で最後のお散歩をした夜、遥くんは大阪府豊中市にある自宅に初めて帰ってきた。たくさんのママ友たちも遥くんに会いに来てくれた。

「遥を抱っこしたいとみんなが奪い合ってくれて、とても嬉しかったです」

たくさんの人に抱っこされた遥くんはとても幸せな表情で、まるでスヤスヤと眠っているようだった。

みんなに一針ずつ縫ってもらったクッションが遥くんのそばにある。そして足もとには梨紗さんが作成したゾウさんのリュックサックとぬいぐるみも置かれていた。

「このゾウさんに乗って、いつでも帰ってきてね」

梨紗さんは遥くんに微笑みかけた。

数日後、梨紗さんは自身のSNSで遥くんがこう思ってくれていたら嬉しいなぁという思いを、遥くんの代筆で綴っていた。

たくさんのパパ・ママたちの笑顔に包まれていたことは遥の宝物。

ぼくの毎日の生活はね、お風呂にだって入れたし、抱っこだってしてもらえたし、うつ伏せにだってなれたんだ!

ぼくの鯉のぼりも持ってるし、七夕にはお願いごともしたんだ。

ＮＩＣＵでは、ぼくね、おしゃれボーイＮｏ・１て言われてて、彼女だっていたんだよ！

いつも男の看護師さんに恋愛相談にのってもらってたんだ。ぼくは彼女のことを、これからはしっかりお空から見守るよ！

ぼくのパパはね、いつも一緒に寝てくれて、抱っこも安定してて安心だったんだ。

パパは美容師だからって、ＮＩＣＵで初カットを許してもらえたんだ。ぼく専属の美容師さんだよ〜。いいでしょ〜。

ママはね、いつもぼくの目が開きますようにって毎日マッサージしていたんだ。先生からは開かないって言われてたみたいなのにね。

だけど、ぼくがんばったんだ！

最後の最後にがんばったんだ！

ママもパパもすごく喜んでた！

看護師さんたちも喜んでた！

ぼくはね、この４カ月とっても楽しかったんだ。

たくさんの人に出会えて、たくさんのことを経験できて。

最後の家族の時間、パパとママとアンパンマンを見て、アンパンマンの歌を歌って、オレンジ味のするアメってのを舐めて、苦しいはずなのに苦しくなかったんだ。
パパとママが笑っていたから、
また会えるって言っていたから、
だからね、あくびをしながらのんびりお空へ遠足に行ったんだ。
ぼくを応援してコメントをくれていたみんな、本当にありがとう。
また戻ってくるから、今度はお顔を見に来てね。

遥は最後の日に、
病院の庭園で、
初めての太陽の光、
暖かい風を感じることができました。
初めての光に驚くように、おめめをぱっちり開けてくれました。
別れは辛いものだけれども、遥の短い人生を、ママとして私を選んで、一緒に歩ませてもらえた4カ月は、本当に一番幸せな時間でした。

―梨紗さんのインスタグラムより―

自宅にある遥くんの大きな写真は、両目を開けてママとパパをしっかりと見つめている。ママとパパもいつも遥くんの目を見て話しかけている。太陽の光に照らされた遥くんは、今にもその写真の中から飛び出してきそうな元気な表情を浮かべたままで、ママとパパの声を聞いている。

ママとパパはその大きな写真に向かって声を揃えた。

「遥、また遊ぼうね」


10月29日の夜は佑里子さんと敏哉さんも遥くんの自宅に向かった。そして両目を開けて太陽の光を浴びている遥くんの写真の前に座った。

「遥くん、よくがんばったね。自分で両目を開けたんだね。すごいね、遥くん」

「遥くんは男前だね。太陽が似合うね」

ふたりは写真の中の遥くんに語りかけた。遥くんもじっとふたりを見つめている。口もとを見ていると「奈乃羽ちゃんにもよろしくね！」って言っているような気がしてきた。

その写真のそばで静かに目を閉じたまま動かない遥くんの姿がある。

「遥くん……大きくなったね……」

穏やかな表情で眠っているような遥くんを佑里子さんは抱っこさせてもらった。

「わぁ〜っ！　ホントに重いね！　成長したね。遥くん……」

笑顔を絶やさないよう遥くんに声をかけたつもりが、奈乃羽ちゃんの今の状態が脳裏で重なり、佑里子さんの瞳からは突然の涙がこぼれだした。

「ごめん……泣いちゃって……」

「ううん。いいの。遥のこと、大切に思ってくれてありがとう。こちらこそ、奈乃羽ちゃんが大変なときに……」

梨紗さんも声を詰まらせた。そして幾度となく鼻をすすった。

その日はたくさんの人が遥くんに会いにきてくれた。

笑顔でさよならを言う人、笑顔でいようと心がけていたのに涙をこぼして目を赤くしている人、声を出せば涙がこぼれ落ちてしまうので遥くんを無言で見つめている人、唇を噛みしめて悲しみを飲み込んでいる人。

「遥、みんなから愛されていてよかったね。パパも嬉しいよ」

竜太さんも梨紗さんのそばで、目にいっぱいの涙をためながら遥くんの頬を指先でつんつんとした。

「ホント、ごめん。来てすぐだけど、奈乃羽が待ってるから……戻るね」

「うん、わざわざありがとう。奈乃羽ちゃんによろしくね」

梨紗さんは遥くんを抱いてふたりを玄関先まで送った。

「遥くん、きっとまた会えるよ」

敏哉さんは遥くんの頭を優しく撫でた。遥くんは抱っこのまま梨紗さんに手を握ってもらい、奈乃羽ちゃんのママとパパにバイバイした。

「おじさん、おばさん、またあおうね――」

15

午後11時10分、病院に戻ったふたりがすぐに奈乃羽ちゃんの待つＮＩＣＵへと向かうと、呼吸の数値はすでに60を切っていた。

「ママとパパが帰って来たよ。大丈夫だからね」

佑里子さんは奈乃羽ちゃんの全身を撫でながら声をかけ続ける。するとママの言葉がじんわりと奈乃羽ちゃんの身体に浸透していくように、少しずつ落ち着きを取り戻し、呼吸の数値は68にまで戻った。

「いいぞ！　奈乃羽、その調子！　がんばれ！」

敏哉さんの声が病室内に響いた。

しかし奈乃羽ちゃんはしばらくするとえずきだして、また呼吸の数値が下がっていく。

「えずくのはタンがたまっているわけではなく、もう肺が限界のようです……」

医師は重い口ぶりで伝えた。

「今までがんばってきた奈乃羽は、これくらいでは死にません！」

敏哉さんは医師に啖呵《たんか》を切り、平然とした顔つきで病室をあとにした。そしてひとり車の中で、弱々しく泣いた。

身体中の痛みを緩和させるために医師がモルヒネを投与すると奈乃羽ちゃんは眠りにつき、呼吸の数値も67〜68に再び上がった。

「奈乃羽……オシッコしたら楽になるよ……」

佑里子さんはベッドにもたれて声をかけながら、何時間も奈乃羽ちゃんを撫で続けた。そして何度も奈乃羽ちゃんのオムツの中を確認した。

だが今日はまだ一度も尿は出ていない。そのため、奈乃羽ちゃんのお腹はかなり張っていた。


深夜3時45分、奈乃羽ちゃんはまだ寝ているのに呼吸の数値が60を切り始めた。脈もいきなり下がりだした。

「奈乃羽……どうしたの？　奈乃羽……」

佑里子さんは車内で仮眠をとっていた敏哉さんに慌てて電話した。

「……奈乃羽、奈乃羽、奈乃羽……」

ママは自分の命よりも大切な我が子の名前を連呼した。それでも奈乃羽ちゃんの呼吸の数値と脈は上がってはくれない。

「嫌だよ、奈乃羽とさよならするなんてママは嫌だよ……。奈乃羽……奈乃羽……」

ママの涙が最愛の我が子の身体に染み入っていく。

敏哉さんが病室に駆け込んできた。

「奈乃羽〜！　お前は誰よりも強い子なんだ！　だから大丈夫だよな、奈乃羽！」

ぐったりとした奈乃羽ちゃんを見つめてパパは叫んだ。

「……抱っこしてあげましょう」

医師がふたりに言った。

呼吸の数値と脈はさらに下がっていく。佑里子さんは奈乃羽ちゃんを抱きかかえ、何度も何度も感謝を口にしながら優しく強く抱きしめた。

「奈乃羽……。今までありがとう……ありがとう……ママとパパの子どもとして生まれてきてくれてありがとう……ありがとう……。でも、奈乃羽とお別れするなんて悲しいよ……。悲しいよ……。奈乃羽……きっとまた会えるよね……必ず会えるよね……」

佑里子さんは奈乃羽ちゃんの頬に自分の頬を重ね合わせた。

敏哉さんも大切な愛しい娘を抱きしめた。

「奈乃羽……パパがあったためてあげるからね。パパの身体中の熱をすべて奪ってくれてもいいんだよ。パパが凍えてもいいんだよ。パパが奈乃羽の代わりにお空に帰ってあげるよ。奈乃羽……。奈乃羽……。奈乃羽……」

奈乃羽ちゃんの脈が止まった。


２０１８年10月30日、午前４時26分、永眠――。


10月30日。奈乃羽は９カ月間幸せだったのだろうか？　こんなに生命力のある子だから、あと１週間遅く生まれていたら助かったはずなのに……。申し訳なくてたまらない。

７回の手術と幾度もの感染。辛いことばかりで楽をさせてあげられたことがない。奈乃羽、ホントにごめんね。

奈乃羽にとってはしんどいしんどい９カ月だったと思うんだけど、ママとパパにとっては今までの人生で一番幸せな時間でした。奈乃羽が必死で生きようとがんばってくれていたから、私たちもがんばることができたんだよ。

奈乃羽は最後まで本当にすごい子でした。尊敬と感謝でいっぱいです。私たちのところに生まれてきてくれて本当にありがとう。

愛してる、奈乃羽……愛してる……。

―佑里子さんの手記より―

「奈乃羽の点滴や挿管を抜くために、私たちは病室の外で待っていましたが、なんの覚悟もできていなかったので、ホント、あのときはどうしていいかわからなかった……。でも、前もっての覚悟なんかしておきたくなかった……。もし私たちが覚悟を決めてしまうと、奈乃羽が遠いお空に旅立ってしまうような気がしてたので……」

佑里子さんはそのときの素直な気持ちを語ってうつむいた。隣にいる敏哉さんも手の甲に、ひとしずくの涙を落とした。

５時15分、面談室でふたりは改めて最愛の娘を抱っこした。

３４５０グラムまで成長していた奈乃羽ちゃん。初めて娘を抱っこしたあの日と比べるととても重くなった。

しかし、どんなに強く抱きしめても、奈乃羽ちゃんの身体はどんどん冷たくなっていった。

佑里子さんは声を抑えて泣きながらも、奈乃羽ちゃんをお風呂に入れてあげるため服を脱がせてオムツを取った。そしてオムツの状態を目にしたとき、佑里子さんの涙が止めどなく頬に流れた。

「……奈乃羽……。がんばってオシッコ出したんだね……」

最後の最後に奈乃羽ちゃんは力を振りしぼって尿を出していた。ママとパパの望みに応えてくれていたのだ。

まだ生きようとしていた。それが嬉しくてパパもまたママと共に涙した。

「奈乃羽はがんばり屋さんだね」

何度も何度もママは奈乃羽ちゃんの頬を、パパは奈乃羽ちゃんの頭を撫で続けた。

8時出勤の予定であった東さんも奈乃羽ちゃんの知らせを受け、早朝すぐに駆けつけた。日勤のときはいつも6時に起床しているが、この日はなぜか4時に目が覚めてしまった。その後は眠りにつけなかったのでキッチンで持参する弁当を作っていたら、病院から連絡が入ったのだ。

奈乃羽ちゃんが東さんにも早く会いたくて、起こしてくれたのかもしれない。奈乃羽ちゃんは東さんの声もわかるようで、これまでも東さんの声を聞くと体調が良くなったりもしていた。

東さんは奈乃羽ちゃんを抱きしめながらひたすらに泣いた。

「なのちゃん、よくがんばったね……今までよくがんばったね……」

東さんの嗚咽《おえつ》も室内に静かに響いた——。

「言葉では表現できないくらいにとても悲しかったです。本当はとても弱い私だけど、奈乃羽の前では最後まで強い母でいてあげたかった。だからその後は気持ちを無理やりだけど切り替えて、奈乃羽に笑顔で接するよう努めました」

佑里子さんは涙を拭い、深呼吸をした。そしてその日のことを語り終えたあと、膝もとでそっと手のひらを合わせて目を閉じた。

その日の朝、10時30分に奈乃羽ちゃんは退院した。

「奈乃羽〜、今からママとパパと一緒にドライブだよ〜」

奈乃羽ちゃんは生まれて初めて、ママとパパと一緒に自宅に帰ることができる。ほんの少しの間かもしれないが、家族３人で過ごせるのだ。

奈乃羽ちゃんに関わってくれたすべての医師の方々とＮＩＣＵの看護師さんたちが病院の玄関先まで見送りに来てくれて、全員で写真を撮った。

その後、みんなが順に奈乃羽ちゃんを抱っこして別れを告げた。涙をこらえ、精いっぱいの笑顔で奈乃羽ちゃんを抱きしめる。そして敏哉さんが運転する車が見えなくなるまで、ずっと奈乃羽ちゃんに手を振り続けた。

「みなさん、９カ月間、本当にお世話になりました」

奈乃羽ちゃんを抱いていた佑里子さんも振り向いたままの姿勢で、みんなが見えなくなるまで手を振り続けた。

外の景色を眺めながら帰路につく。親子3人だけの最初で最後のドライブ。

「右手に見えますのが大阪城です」

佑里子さんは奈乃羽ちゃんを楽しませようと、バスガイドになりきって目を真っ赤にしながらもふざけてみせた。バックミラーに映る敏哉さんの目も真っ赤ではあったが、微笑みを浮かべていた。

「奈乃羽〜、ここはパパがよく出入りしているテレビ局だよ〜。パパと一緒に仕事してる人たちも奈乃羽のことをずっと心配してくれていたんだよ〜」

「そうでちゅか〜、うれちいでちゅ〜。そしていつもパパをはたらかせてくれてありがとうでちゅ〜」

佑里子さんが奈乃羽ちゃんの役をして会話した。敏哉さんは再びバックミラー越しに笑顔を送った。

「果穂ちゃんのママとパパが言ってたよね。いなくなったんじゃない。退院したんだって」

「そうだね。僕たちもそう思おう。奈乃羽、やっと一緒に暮らせるね」

自宅では絢子さんが3歳になった月咲ちゃんを連れて、奈乃羽ちゃんを迎え入れる準備をしてくれていた。

「ただいま～」

「ただいま～」

「ただいまでちゅ～」

奈乃羽ちゃんを抱きながら二役をしている佑里子さんを見るなり、絢子さんは大泣きした。その涙は佑里子さんにも伝染しそうになったが、

「おかえり～！　なのちゃん！」

と元気に迎えてくれた月咲ちゃんの屈託のない笑顔に助けられた。

敏哉さんは奈乃羽ちゃんが似合いそうなベビー服をネットで検索してはいくつも購入していた。実際に着せてみて「よく似合うね」と言ってもらえるかどうかはわからないが、メガネの縁に重なる眉間にシワを寄せ自らのセンスで選ぶのが就寝前の習慣になっていた。

その服の中から最近買った服を、初めて帰宅した奈乃羽ちゃんに着せた。

奈乃羽ちゃんにきっと似合うと夫婦で話していたオレンジ色の服。フードもついていて、そこから可愛い角がちょこんと飛び出している。

その新生児サイズの服がちょうどになるくらい成長していた奈乃羽ちゃんは、小さな

布団で休んでいる。

「パパ、ありがとう。なのは、す〜っごくかわいい！」

小さな布団の周囲は、これまでたくさんの友人たちがプレゼントしてくれたぬいぐるみやおもちゃで埋めつくされている。さらに色とりどりの花々が奈乃羽ちゃんをさらに可愛く演出していた。

部屋の片隅には、奈乃羽ちゃんの思い出ボックスもある。

その中には、これまで毎日撮り続けた写真がたくさん収められている。奈乃羽ちゃんのその日その日の記録、また病院のＮＩＣＵで過ごした家族の思い出がいっぱい詰まっている。重ねられたそれらの一番上には、家族３人の素敵な笑顔があった。

佑里子さんはクマのプーさんのぬいぐるみを手に持って、奈乃羽ちゃんをあやした。

「なのちゃ〜ん、おかえり〜、わたしず〜っと、まってたんだよ〜」

奈乃羽ちゃんの顔の前でクマのプーさんをゆらゆらとさせ、佑里子さんは笑顔を見せた。

このぬいぐるみを夫婦は愛情を込めて「プーちゃん」と呼んでいた。佑里子さんが出産前の入院中に、従姉妹の絢子さんが腰に敷くクッションと共に買ってきてくれたものだった。退院後は奈乃羽ちゃんの調子の悪いところを聞いては、プーちゃんのその箇所をさすったりもした。

プーちゃんは大学病院近くのアパートに引っ越したときも一緒だった。いつしか、プーちゃんは奈乃羽ちゃんのことを自分たちと同じように理解してくれているんだと感じるようになっていった。

「プーちゃん、これからも奈乃羽と楽しく遊んであげてね」

奈乃羽ちゃんの一番のお友達のプーちゃんを、奈乃羽ちゃんの隣にそっと寝かせた。

奈乃羽ちゃんが眠る部屋の壁一面にも、１カ月ごとのバースデーカードや家族写真、そしてお世話になった看護師さんたちとの写真がたくさん貼られている。それらはどれも素敵な写真ではあるが、特に東さんとの写真は奈乃羽ちゃんが笑っているような、とてもいい表情で写っていた。

「やっぱり奈乃羽は東さんのことが好きなんだな～」

笑いながら嫉妬する佑里子さんの表情もまた素敵だった。

「奈乃羽、みんなの愛がいっぱいだね」

佑里子さんは奈乃羽ちゃんの頬にチューをした。

「写真撮ろうよ！」

佑里子さんと敏哉さんが順に奈乃羽ちゃんを抱き寄せた親子３人の写真を、絢子さんがカメラに収める。

「こんなときに笑っている記念写真てヘンだよね……」

佑里子さんがつぶやいた。すると……。

「佑里子姉ちゃん、そんなことないよ。むしろ笑顔のほうがいいでしょ！　なのちゃんの前では絶対に悲しまないでね」

先ほどまで大泣きしていた絢子さんが叱咤《しった》した。

その言葉がふたりの笑いを誘い、とても素敵な親子3人の記念写真が撮れた。

この日はたくさんの人たちが奈乃羽ちゃんに会いに来てくれた。

別れを惜しむのではなく、みんなが、

「奈乃羽ちゃん、おかえり〜」

と歓迎しながら抱っこする。

「これから寒くなってくるから、あったかい服を持ってきたよ〜」

ママ友たちはそれぞれ、可愛い服や明るい花を奈乃羽ちゃんにプレゼント。奈乃羽ちゃんの周りはよりいっそう華やかに彩られた。

みんなが奈乃羽ちゃんを抱っこしての写真会が始まる。

「さぁ、笑って笑って、はいチーズ」

撮影する絢子さんもいつしかとびきりの笑顔でその場を仕切り、シャッターを押していた。

佑里子さんの両親も到着した。

「奈乃羽〜〜、おばあちゃん来まちたよ〜〜」

おばあちゃんは奈乃羽ちゃんの頬を両手でスリスリした。

「また不機嫌な顔したってていいんでちゅよ〜。おばあちゃんは奈乃羽の機嫌悪そうな顔も大好きなんでちゅ〜〜」

おばあちゃんはスリスリしている両手のスピードを少し上げた。

「もう、奈乃羽はおばあちゃんにしつこくあやされても怒らないよ〜。ほらね、じっと賢くしているでしょ。だから安心してあやしまくってあげてね！」

佑里子さんのその言葉にみんなが反応し、そして笑った。

おばあちゃんが愛しき孫を目いっぱいあやしている姿も、絢子さんはしっかりとカメラに収めた。

「奈乃羽〜、おばあちゃんとおじいちゃんとも一緒に写真撮ろうか〜」

佑里子さんは小さな布団で休む奈乃羽ちゃんを抱きかかえ、おばあちゃんの腕の中にそっと預けた。

おばあちゃんが奈乃羽ちゃんを抱っこしての、祖父母とのスリーショット。

「おじいちゃん、顔が固いよ。笑って笑って」

「う、うん。わかった……」

おじいちゃんは頬を懸命にゆるめようとした。しかしいつまでもおじいちゃんの頬はゆるまなかった。そしてついにこらえきれなくなる。これまで心の中に抑えていた感情が決壊してすべて溢れ出てしまい、大粒の涙をこぼした。

「ごめんね～、奈乃羽……。やっぱりおじいちゃん、悲しいわ……」

目頭を押さえ、おじいちゃんは弱々しく肩を震わせた。

「もぅ～、しっかりしてよ。奈乃羽の前では泣かないって約束したでしょうが……」

そう叱咤したおばあちゃんもこらえきれずにまぶたから涙を溢れさせる。

「奈乃羽……。やっぱりおばあちゃんも、辛いわ……」

しばらく無言の時間が続いた。そして、みんなが静かに泣いた。明るい花やぬいぐるみ、バースデーカードや数多くの写真で華やかになっていた室内に、鼻をすする音だけが静かに広がった。

みんなが帰ったあととその翌日の2日間は、川の字になって家族3人で眠った。

奈乃羽ちゃんの小さな手を握りながら夫婦で語り合う。

奈乃羽ちゃんの存在がなかったら、ふたりは夫婦をやめていたかもしれなかった。夫婦の絆を奈乃羽ちゃんが繋げてくれた。決して切れることのない強い絆で結ばれた家族3人になったのだ——。

「奈乃羽を見つめていると、悲しいけどとても幸福な２日間でした」

佑里子さんは小さな声で、そのときの気持ちを伝えてくれた。

「私たちはこれからも奈乃羽のことを大切に思い続けるママとパパとして、しっかりと生きていく義務があるんです。奈乃羽のためにも仲良く暮らしていかないと。手を取り合って助け合う私たちの姿を遠いお空の向こうから見て、奈乃羽は喜んでくれると思います。決して忘れることのできない９カ月でした。辛い経験をしてかわいそうな夫婦だと思う人もいるでしょうが、私たちは奈乃羽と過ごせて本当に幸せでした。誰も経験できないような大きな喜びを運んできてくれた奈乃羽は私たちの自慢の娘です」

そう言ってしばらく沈黙したあと、佑里子さんはゆっくりと言葉の続きをつぶやいた。

「でも、いつかまた、もう一度、奈乃羽に会いたい……」


透き通るような青い空にいくつかの真っ白な雲が流れている。

「奈乃羽、おはよう。今日はいい天気だね。ママとパパと日向ぼっこしようか」

ベランダに出ると、真っ白な雲の隙間から太陽が姿を見せた。太陽の光と心地良いそよ風が親子３人を歓迎している。

「奈乃羽、あのうどん屋さんはね、ママとパパの常連の店なんだよ。今度生まれてきたときは、3人で行こうね」

「うん。いっしょにいきたいでちゅ〜。うどんはあついから、ママ、ふうふうちてね」

敏哉さんが奈乃羽ちゃんの役をしておどけてみせた。

ベビーカーを押して歩道を歩く女性がこちらを見上げ、親子3人に微笑みながら会釈した。佑里子さんは奈乃羽ちゃんの頰に自分の頰をくっつけて、そして奈乃羽ちゃんの細い手首を持ちながら手を振った。

「自分で言うのもなんだけど、いい家族でしょ」

佑里子さんは心の中で、道行くその女性に我が家族を笑顔でこっそりと自慢した。

部屋の中に戻ると、思い出ボックスの蓋を開けた。同時に、奈乃羽ちゃんの匂いが微かに広がる。その匂いはママの母乳の匂いと同じだ。

思い出ボックスの中に、先ほどまで着ていたオレンジ色の可愛い服を、奈乃羽ちゃんの匂いがついたままの状態で追加した。さらに、ママ手作りのたくさんの服もきれいに畳んで並べる。奈乃羽ちゃんが抱いていた魔法のステッキや、自宅にみんなが来てくれたときに撮った写真も大切に収めた。

家族の思い出がすべて詰まっている。ほんの9カ月分だけど、家族の絆を深めた、永遠に消えることのない宝箱。ママとパパは今もなお毎日欠かさず、その思い出ボックスの蓋を開けて、奈乃羽ちゃんの匂いを胸いっぱいに吸い込んでいる。

11月1日と2日の通夜と告別式も、奈乃羽ちゃんが喜んでくれるよう祭壇は明るい花や可愛いキャラクターのバルーンで華やかに彩った。本来30人以下で執り行う家族葬の予定だったが、その人数を遥かに超えるたくさんの参列者で葬儀場は埋め尽くされた。

喪主を務めるパパの挨拶は、我が娘を愛する気持ちに溢れていた。ママも大切な我が娘のために気持ちを引きしめて凜としていた。

奈乃羽ちゃんの小さな棺には、３人の家族写真とパパの匂いがついているストール、ママの母乳が染み込んだ花柄模様の可愛いハンカチ、それからママがずっと奈乃羽ちゃんのために使い続けていた搾乳器の紐を入れた。これはＮＩＣＵのママ友たちも同じ種類のものを色違いで持っている。そしてプーちゃんも、棺の中で眠る奈乃羽ちゃんのそばにそっと寝かせた。

参列者も一輪ずつの花を奈乃羽ちゃんに添え、それぞれが最後の別れを涙ながらに口にした。そのそばでママとパパは涙をこらえ、一人ひとりに感謝の気持ちを伝えた。

それでも奈乃羽ちゃんが静かに眠る小さな棺の扉を閉じるときにはどうしてもこらえきれなくて、ママもパパも人目をはばからず、声を出して泣いた。

「奈乃羽、ごめんね。強いママでいてあげられなくて……ごめんね……奈乃羽……」

「奈乃羽、もう一度だけお顔を見せてくれ。パパもダメだわ。強くなれないよ……」

ママとパパは小さな棺の中にたくさんの涙の粒を落としながら、奈乃羽ちゃんに最後のチューをした。そしてゆっくりと棺の扉は閉じられた。

「奈乃羽、もし寂しくなったらママのハンカチに顔を埋めてママの母乳を感じてね。パパのストールを抱いてパパの匂いを感じてね。３人の写真を見て家族を感じてね。奈乃羽……」

奈乃羽ちゃんはたくさんの参列者に見送られて、ひとり静かに遠いお空へと向かった。

ママとパパは小さな棺の中の最愛なる娘に、最後の言葉を届けた。

「奈乃羽、また会おうね――」

終　章

春も浅い２０１９年３月中旬、佑里子さんと敏哉さんの呼びかけで、３組の家族が総合病院近くの飲食店に集まった。

「この辺りに来るのって、ホント久しぶりなもんで、迷子になりそうになりました」

そう言って、フエルトで作った象さんを抱いた遥くんのママとパパが象さんの頭を撫でながら、佑里子さんと敏哉さんが待つ奥の座敷に入ってきた。

続いてひまわりを手にしている果穂ちゃんのママと、１歳になった真一くんを抱っこしているパパが現れ、みんなは約４カ月半ぶりの再会をした。

「この象さんはね、遥の分身なんです～」

「あれ？　象さん、棺に入れたんじゃなかったっけ？」

「あれから徹夜して、もうひとつ作りました」

「ホント体力あるね～。若いっていいね～」

遥くんのママは照れ笑いを浮かべて、また象さんの頭を撫でた。遥くんはママがフエルトで手作りしたこの可愛らしい象さんに乗って、自宅とお空を行き来している。

「往復切符も常に持ち歩いているから、いつでも遥は私たちのもとに帰ってきてくれるんです」

遥くんのママとパパは笑顔だった。

「え～、そうなんだ。私のところはいつも出かけるとき、ひまわりを持っていくんですよ。ひまわりが果穂なんだよね～」

ひまわり越しに目を合わせた夫婦は、揃って笑い合った。そして真一くんはパパの腕からママの腕へと移された。

「ところで、奈乃羽ちゃんは？　今日来てるよね？」

「もちろんっ！」

佑里子さんが笑みをこぼしながら鞄の中にそっと手を入れて取り出したのは、小さな骨壺だった。

「ジャ～ン！　お待たせしました～！　奈乃羽で～す！」

「リ、リアルっ！　ていうか本物だ～！」

「うん！　お出かけするときはいつも骨壺の奈乃羽と一緒だよ。この前も奈乃羽を連れてスナックに行ったんだ～！」

みんなが笑いに包まれた。

骨壺を抱きながら佑里子さんが続ける。

「奈乃羽の部屋にはバルーンを浮かしているの。私が『奈乃羽〜奈乃羽〜』って呼ぶと、ときどきそのバルーンが揺れるの。あぁ、奈乃羽が遊んでいるんだなぁって思って、とても嬉しくなるの」

「まぁ、窓が開いてたり、エアコンをつけてたりしてるけどね」

敏哉さんが笑いを誘おうとおちゃらけると、すかさず、

「違うっ！　奈乃羽が遊んでるのっ！」

と強く否定する佑里子さん。突っ込みではなく、茶化さないで！　と叱る目つきと声のトーンに萎縮して、パパは小さくなった。その姿を見て、またみんなが笑い合った。

周りから見れば少し異様に思われてしまうかもしれないこの光景と会話に、

「ホント今日は個室にしててよかったよ」

と敏哉さんがほっとしたように言うとさらに笑いが広がり、それぞれのママがさまざまな姿に扮した我が子を抱きながらの食事会がスタートした。

「真ちゃん、すごく大きくなったよね」

「そうでしょ。とってもしっかりしてきたんだよ」

退院時の真一くんは自宅で酸素を吸入させる在宅酸素療法が必要だったが早々に取れ、今では好きなときに好きなだけ抱っこができるようになった。

ママはひまわりの果穂ちゃんと、ちょっぴり不機嫌な真一くんを抱きながら、目の前

の料理に箸を伸ばしていた。

真一くんはハードコンタクトレンズを毎日つけて生活している。現段階の視力は０・０１程度だが、コンタクトをして物を見る訓練をすることで、将来的には視力が上がる可能性があるそうだ。

「コンタクトをつけ外しするときにはどんなに真一が泣いても、主人と一緒に必死になって共同作業するんです」

共同作業という言葉の選択が妙にウケたのか、遥くんのママが声を抑えながら笑った。

「そうなんですよ。小さなコンタクトなのに両目で３万円もするんで、失ったら我が家の家計が大変になるんですよ～」

みんなはまた笑い声を上げた。

「ねぇパパ、一度外そうとして落としてしまったときは私たち大慌てしたよね」

「うん。漫才で横山やすしさんが『メガネメガネメガネ』っていうギャグをしている映像を観たことありますけど、我が家はギャグじゃなく、本気の本気で血相変えて探しました」

みんなが大声を出して手を叩く。ママに抱かれている真一くんも、ようやく和気あいあいとしたこの空気に馴染んできたのか少し機嫌が良くなった。

真一くんは定期検診も受けているが、今のところは目以外は問題なく、首も座って寝返りやお座りもできるまでに成長した。また今までは興味を持たなかったおもちゃを手でつかむようになったり、ママが手をかざすとハイタッチしてくれたりする。よく読む絵本を読み始めると「知ってる！」と言わんばかりに、食い入るように聞いてくれるようにもなった。現在はハイハイの練習中だそうだ。

「退院して間もない頃は、この先ちゃんと成長できるのか不安ばかりで余裕もなかったけど、真一の日々の成長を感じ、感動の連続なんです」

幸せいっぱいのふたりにみんなからは素敵な笑顔が届けられた。

「ところで、あのニュース知ってる？」

佑里子さんが話し始める。

それは日本で昨年８月に体重わずか２６８グラムで生まれた男の赤ちゃんのこと。男の子としては世界で一番小さく生まれた赤ちゃんが順調に成長し、無事退院したと報道されていた。

みんなは奈乃羽ちゃんのママが話すのを真剣に聞き入った。その宴席にいた僕もこっそりとネットニュースを開いて確認する。

妊娠24週に緊急帝王切開で生まれたその赤ちゃんは、両手にすっぽりと収まるほど小さかった。その後、５カ月にわたり集中治療室で育てられ、今では自力でミルクが飲めるようになり、体重も３２００グラムにまで増えた。そして当初の出産予定日の２カ月後にあたる2月20日、入院先の慶応義塾大学病院を退院した。

世界中で生まれた小さな赤ちゃんに関する米アイオワ大学のデータベースによると、今回の男の赤ちゃんは、退院できた赤ちゃんの中で一番小さいという。担当医は、「小さく生まれた赤ちゃんでも元気に退院できる可能性があると示したかった」とコメントしていた。

「すごい！　なんだかとても嬉しいよ！」

「やったね！　その赤ちゃん、これからもがんばれ〜！」

果穂ちゃんと真一くんのママとパパは感激をあらわにした。

「私も、嬉しくて泣けてきちゃう」

「世界中の赤ちゃんが、ちゃんと成長できる可能性がさらに広がったね」

遥くんのママは涙で頬を濡らし、パパは目を真っ赤にして喜びの言葉を口にする。

敏哉さんは小さな拍手を数回繰り返して目を閉じ、そしてその赤ちゃんの今後の成長を祈るように手を合わせていた。

佑里子さんはそのニュースを伝えたあと、みんなにグラスを持つよう促した。

「その赤ちゃんの退院と、今ＮＩＣＵやＧＣＵで闘っている赤ちゃんたちの今後の明るい未来を祈って、そしてすくすくと成長していけることを信じて、乾杯」

小さな声で発し、みんなはグラスをほんの少し持ち上げた。

「あの〜、ここでひとつ報告しておきたいことがあるんですけど……」

乾杯後、遥くんのママが遠慮がちに口を開いた。そして夫に目配せする。

「えーと、実は今年の9月16日に僕たち、結婚式を挙げるんです」

遥くんのパパからの発表に、みんなから歓声が上がり、とても大きな拍手が巻き起こった。

入籍はしていたが挙式はまだだった、若いふたり。遥くんのことでときにぶつかり合い、口喧嘩も幾度となく繰り返してきた。美容室で夜遅くまで働き詰めの夫と、看病や遥くんのための手芸品作りで一日が過ぎていく妻とでは時間が合わないので、どうしてもすれ違いも多くなり、ふたりはもうダメなのかとさえ思うこともあった。

しかし遥くんを支えていく中で、共に力を合わせて遥くんに喜んでもらえるよう、ママとパパの子どもで良かったと心から思ってもらえるよう、今一度助け合いながら遥くんと一緒に暮らしていくことをふたりは誓い合った。

「私たちの人生の中で、NICUで出会った人たちはとても貴重な存在である方々なんです。だから、みなさんにもぜひとも祝っていただきたくて。そして、遥のことでいろいろと助けてくれた私たちの親にも晴れ姿を見せてあげたいですし」

ふたりは照れながらも見つめ合って笑顔を交換した。

「良かったね！　ウエディングケーキに夫婦で入刀、幸せな共同作業だね」

遥くんのママは再び出てきた共同作業という単語に、今度は声を出して笑った。

「招待状待ってるね。楽しみにしてる。あっ、そうだ！　そのときは奈乃羽も連れて行こっと」

そう言って佑里子さんは骨壺を少し持ち上げた。遥くんのママとパパは一瞬止まり、そして吹き出した。

「おいおい、リアクションしにくいこと言って困らせるなよ」

敏哉さんの突っ込みで、その場はさらに盛り上がった。

「実は……私からもひとつ、報告したいことがあるの」

佑里子さんは少し言いにくそうにしながらも、みんなの視線が集まる中で伝えた。

「私……また不妊治療するために、クリニックに通うことにしたの」

奈乃羽ちゃんを身ごもる前までは妊娠検査薬を手にしながら「これが最後」と決めていた。あれからまた月日が流れ、ひとつ歳を重ねた。これから先は子どもを産むことは諦めようと思っていた。唇を噛みしめて枕を濡らした日もあった。でも、やっぱり諦めきれない。諦めたくない。

「私、もう歳かもしれないけど、やっぱり産みたい！　子どもを育てることを諦めたくない。……だって……また奈乃羽に会いたいもん……。奈乃羽にどういう形かわからないけど、会える気がしてるの……」

敏哉さんが佑里子さんの背中にそっと手を伸ばす。

「僕たちも、まだ諦めちゃダメだよね。諦めちゃ……」

今度はその言葉を敏哉さんが発しながら、佑里子さんの背中を優しくさすり続けた。

「なのちゃんママ〜！　がんばれ〜〜っ！」

いつも明るい果穂ちゃんと真一くんのパパが真っ先に声を張ってエールを送り、それに続いてみんなが手拍子する。

「大丈夫〜！　大丈夫〜！　大丈夫〜！　大丈夫〜！」

みんなからのそのコールが、奈乃羽ちゃんを産む前に病室のベッドで横たわりながら、お見舞いに来てくれた従姉妹の絢子さんと「大丈夫コール」を一緒に口にして乗り越えたあの日と重なった。

「ありがとう！　うん！　大丈夫！　私、ぜーったい大丈夫！」

奈乃羽ちゃんの骨壺を抱きしめながら、佑里子さんは自信をみなぎらせた。

そしてふたりのママもまた、もう一度我が子を自分の身体の中に迎えたいという思いをみんなの前で宣言した。

みんながみんな、強いママであり強いパパだった。

小さな生命が繋いだ大きな家族愛を、それぞれが胸いっぱいに感じているような素敵な表情をたたえ、全員が幸せに満ち溢れていた。

小さな種子から出たとても細いたんぽぽの芽が、みんなの期待に応えてアスファルトを破り、この世の光と空気を感じてくれた。

そして周囲が驚くほどぐんぐんと伸びていった。

ふわふわと風に乗って気持ち良さそうに空を泳いでくれた。

その姿を見て、ママとパパは幸せいっぱいの笑顔を浮かべることができた。

やがてたくましく大空へと羽ばたき、今度はたくさんの人に勇気と幸せと揺らぐことのない愛を降り注ぐために、遠いお空の向こうへと旅立った。

「みんな〜、また会おうね」

と可愛い声で囁いてくれた。

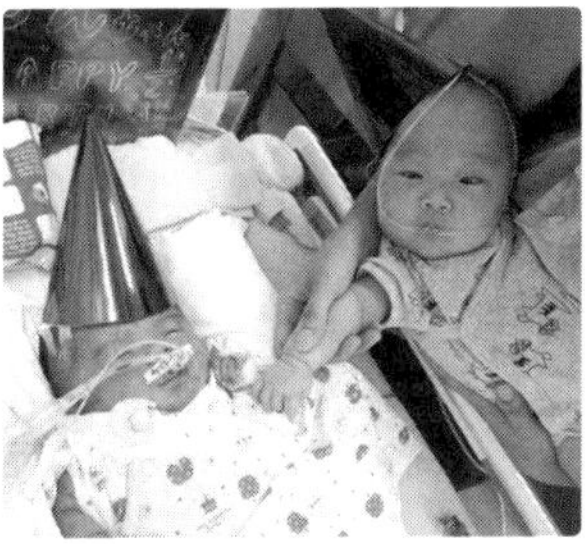

ハーフバースデーの日に2カ月ぶりに
再会した果穂ちゃんと真一くん

遥くんは最後に自ら両目を開ける
という奇跡を起こした

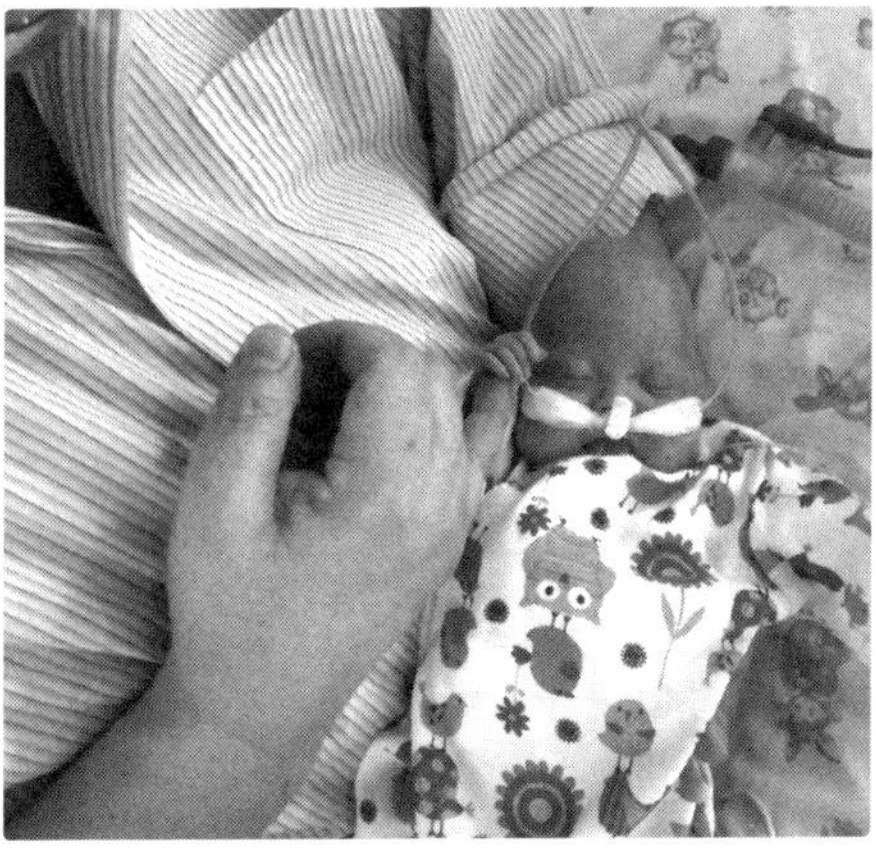

生後3カ月頃の奈乃羽ちゃん。
パパの指を小さな手で力強く握る

高山トモヒロ（ケツカッチン）
1968年7月10日、大阪市生まれ。NSC第7期生。NSCでは、故・河本栄得と漫才コンビ「河本・高山」を結成。卒業後に「ベイブルース」と改名する。上方漫才大賞・新人奨励賞をはじめとする賞を総ナメにし、次世代の漫才界を担うコンビともくされていたが、1994年10月、河本栄得永眠にともない活動休止。2001年11月、和泉修と漫才コンビ「ケツカッチン」結成。2009年、河本栄得の死から15年を経て、初めて綴った小説『ベイブルース 25歳と364日』（ヨシモトブックス、のちに幻冬舎よしもと文庫）が反響をよび、2011年には舞台化。そして2014年には映画化された。他の著書に、ある日突然家を出た母親との思い出を綴った『通天閣さん 僕とママの、47年』（ヨシモトブックス）がある。

手のひらの赤ちゃん

超低出生体重児・奈乃羽ちゃんのNICU成長記録

2020年2月10日　初版発行

著者　高山トモヒロ
発行人　松野浩之
編集人　新井治
編集協力　ヨダヒロコ
校閲　水尾書房
営業　島津友彦（ワニブックス）
発行　ヨシモトブックス
〒160-0022
東京都新宿区新宿5-18-21
03-3209-8291
発売　株式会社ワニブックス
〒150-8482
東京都渋谷区恵比寿4-4-9
えびす大黒ビル
03-5449-2711
印刷・製本　シナノ書籍印刷株式会社

ISBN 978-4-8470-9875-8